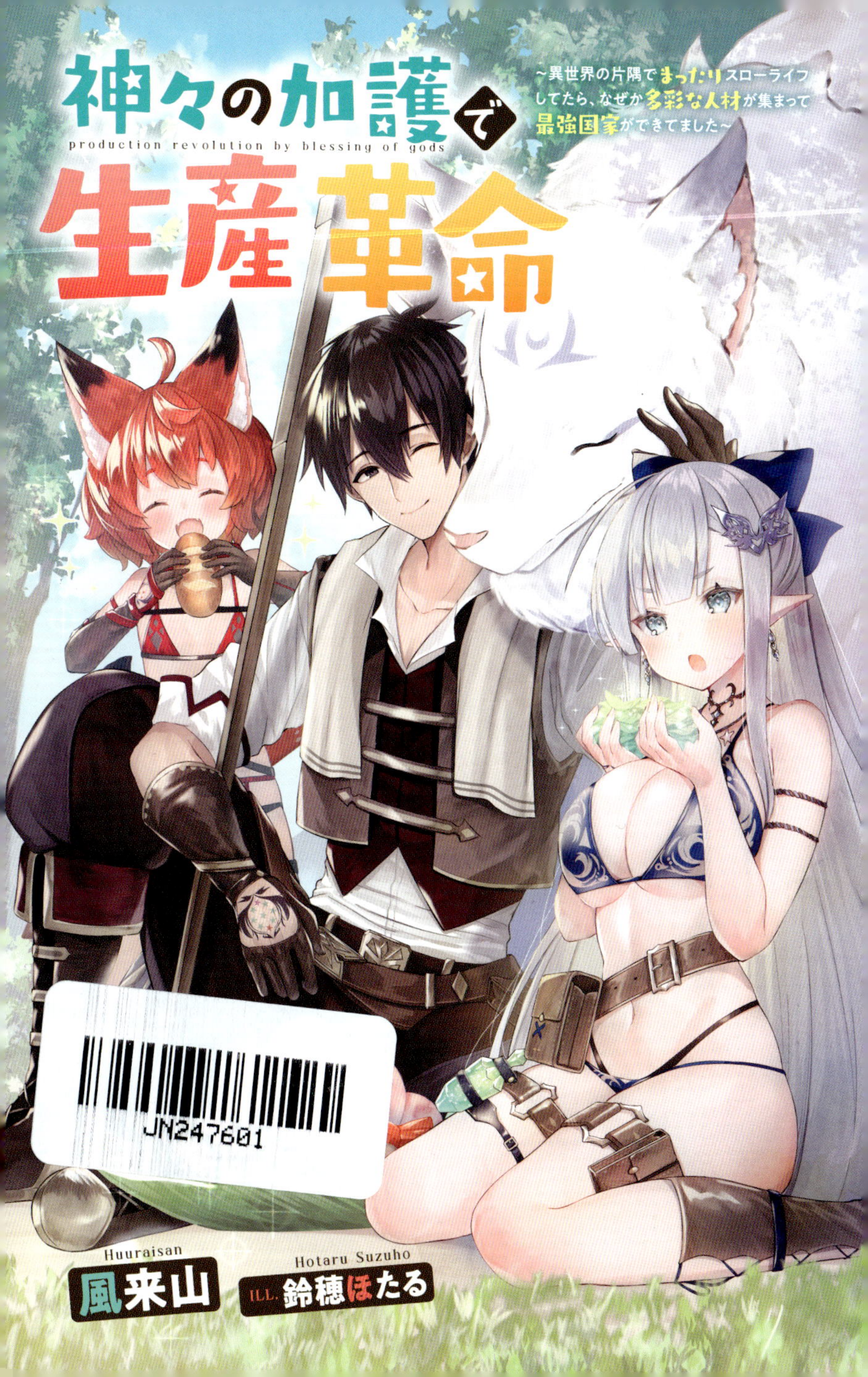
神々の加護で
production revolution by blessing of gods
生産革命
～異世界の片隅でまったりスローライフしてたら、なぜか多彩な人材が集まって最強国家ができてました～
Huuraisan
風来山
Hotaru Suzuho
ILL. 鈴穂ほたる

登場キャラクター
characters
Kururu
クルル
タダシに拾われたフェンリル。好きな食べ物は伊勢海老。
Ohno Tadashi
大野タダシ
元·日本の社畜。異世界アヴェスターに転生し、神様達からもらった破格の加護と人の善さで、この世界に次々と革命を起こす。
Iserina
イセリナ
海エルフ族の族長であり、元女王。癒やしの加護★★★《スリースター》を持つ薬師。

Kronos
クロノス
農業の神様。タダシの心意気に感動し、農業の加護を与える。
Ohjin
オージン
フロントライン公国の重鎮で、マチルダの教育係の老賢者。知恵の加護★★★★《フォースター》を持つ。
Erin
エリン
島獣人族の族長。ご飯が大好き。英雄の加護★★★《スリースター》を持つ。
Matilda
マチルダ
フロントライン公国公王・ゼスターの一人娘。英雄の加護★★★★★《ファイブスター》を持つ勇者。

「神様！　もう芽が出てきたんですが！」
「これがワシの加護の力――……」

タダシ、何をしたんじゃ!?」

「ご主人様、一緒に入ろうよ！」

「出撃の準備は整った。
辺獄へと赴こう」

production
revolution
by blessing of gods

神々の加護で生産革命

～異世界の片隅でまったりスローライフ
してたら、なぜか多彩な人材が
集まって最強国家が
できてました～

Huuraisan
風来山

Hotaru Suzuho
ILL. 鈴穂ほたる

目次

Avesta Continent
アヴェスター大陸

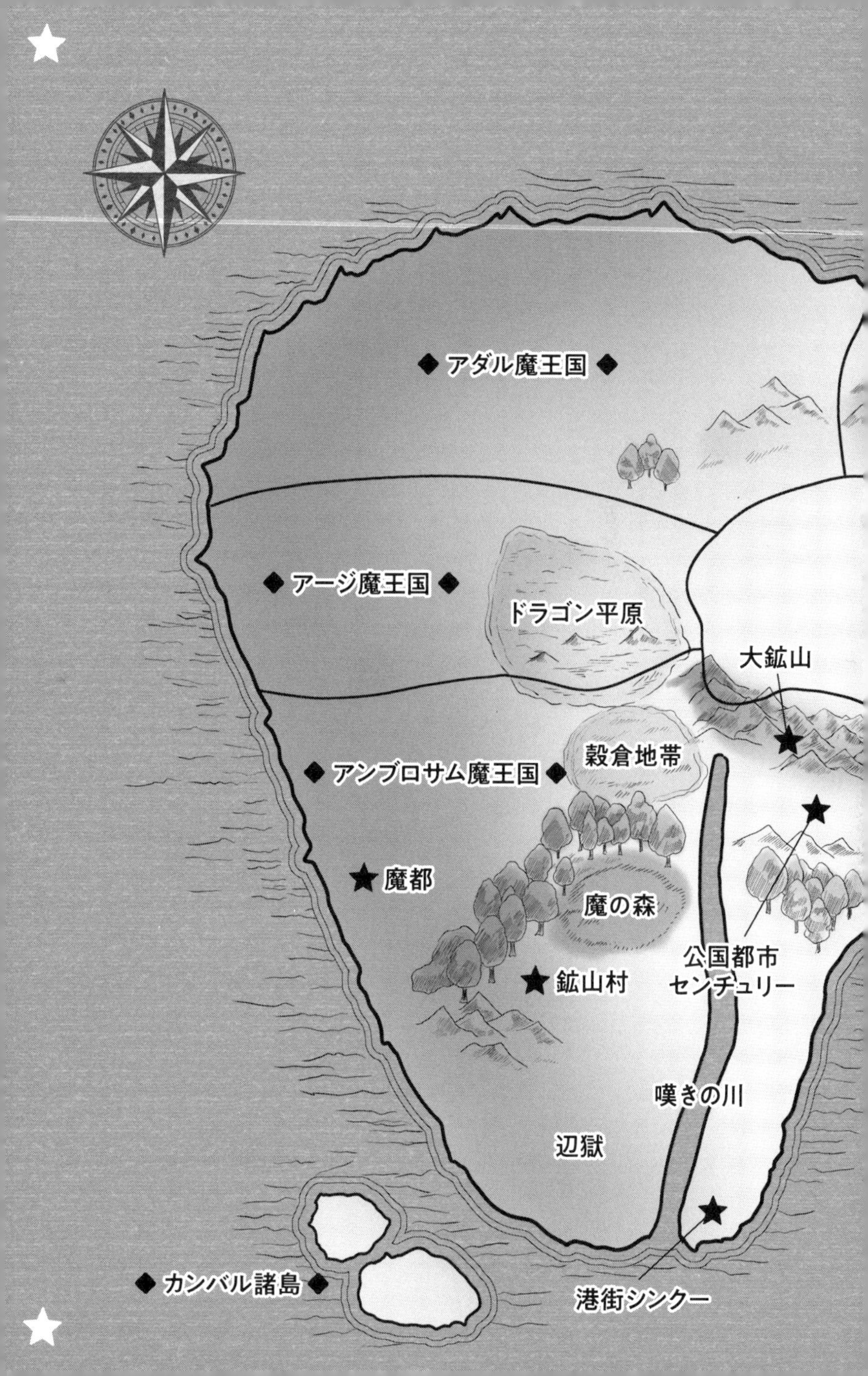
アダル魔王国
アージ魔王国
ドラゴン平原
大鉱山
穀倉地帯
アンブロサム魔王国
魔都
魔の森
公国都市
センチュリー
鉱山村
嘆きの川
辺獄
カンバル諸島
港街シンクー

序章　神様のチュートリアル

大野《おおの》タダシは、深夜のオフィスでため息を吐いていた。

「はぁ……令和にもなって、なんでいちいち印刷しなきゃいけないんだろ」

古い会社のせいか、いまだに昭和とほとんど変わらないような非効率な仕事のやり方。

そんな会社だから、いまだに自分のような不器用な人間が雇ってもらえてるんだとわかってはいるが、一人で残業が続くと悪態をつきたくもなる。

ともかく黙々とファイルに書類をまとめて、ようやく今日も仕事が終わりだ。

「やれやれ、なんとか終電までに帰れるか」

落とそうとしたノートパソコンの壁絵に、ふと手が止まる。

そこに映っているのは美しい田園風景。

「田舎でまったりスローライフか。遠い夢だよなあ」

タダシは、羨望の眼差しでそれを見ながら、田舎で暮らすためには開業資金が足りないと何度目かわからないため息を吐く。

もう四十歳なのに、このまま夢で終わるんだろうか。

「おっと、急がないと終電出ちゃうよな」

さあ仕事を終えようと、天井まで積み上げられた書類の上にそっと新しいファイルを載せた途端、ガタガタと書類棚が崩れ始める。

「イタ、イタタタッ……グエッ！」

山となって積み上げてある書類が、ダンボール箱ごと頭の上に落ちてきた。

それどころか書類棚までばったりと倒れてきて、タダシの身体の上にズシッとのしかかってきて動けなくなってしまった。

一瞬、激しいショックで気絶してたようだ。

タダシは、重い書類棚の下でなんとか身を動かそうとしたが、全く動かない。

そして……。

「……嘘だろ、おい」

床に広がる血、生暖かい感触。

身体に鈍い痛みがある。どこからか、出血しているのか。

連日の残業で身体が弱っていたせいだろうか、タダシは重たい書類棚に押し潰されたまま起き上がることができなかった。

都会の片隅にある古ぼけた雑居ビルには誰もいないから、助けを呼んでも誰も来てくれない。

「ハァ、終電……いや、それどころじゃ、ないか。誰か、誰か……」

スッと意識が遠ざかっていく、もしかしたらこのまま死ぬのかなと思う。

「ああ、どうせ死ぬんなら、田舎で農業、やっときゃ、よかった……」

パソコンのディスプレイに煌々《こうこう》と浮かぶ美しい田園を眺めながら、大野タダシは力尽きた。

※※※

「あれ……」

母性と慈愛に満ちた海のように深い瞳、銀色の長い髪をなびかせたこの上なく美しい女性が目の前にいる。

「異界の心清き者よ。我が世界アヴェスターにようこそ」

「どうも」

「私は、アヴェスターの始まりの女神アリアです」

「はい」

タダシはぼんやりと答えるので、創造神アリアはその顔を覗き込む。

「現状はわかってますか。貴方《あなた》は元の世界で死んで、異なる世界であるアヴェスターの天上界に招かれたのですが」

「あーはい。やっぱり俺は死んじゃったんですね。間抜けな死に方だったな」

そうすると、ここは天国かとタダシは周りを見回す。

壮麗な大理石の神殿が立ち並び、庭園には香り高い花々が咲き乱れている。

しかし、異世界？

「貴方には私の世界に転生する機会が与えられます。しかも、心清き魂を持った貴方には幸運なことに神の加護が与えられます。諸神よ、いでませ！」

アリアは少しいたずらっぽく笑うと、小さく手を振って見せた。

すると、神殿に神々が出現する。

「わが眷属、アヴェスター十二神です。貴方には、この中より自らの信仰する神を一人選んでいただきます」

厳つい鎧を着込んだ猛々しき神様。

大きな書物を抱えた賢そうな女神様。

その他様々な神様がいるが、みんな個性が強いと言うか……。

そもそもが人型でない巨大な竜とか、邪悪なオーラを発している紫の眼をギラリとさせた悪魔のような恐ろしげな神様までいる。

竜神や魔神ってやつなのかなとキョロキョロとタダシが見回すと、一人場違いな普通の老人が隅っこで座り込んでいた。

ゆったりとした野良着を着て、麦わら帽子をかぶった優しそうなおじいさんだ。

タダシは、思わず声をかける。

「あの、貴方は」

「ワシか。ワシは、農業の神クロノスじゃ」

「おお、農業の神様なんですか」

「あー言わんでもわかっとるよ。せっかくの異世界転生なのに農業なんてつまらんって言うんじゃろ。勇者になりたいならそっちじゃぞ、男はたいてい英雄の神ヘルケバリツの加護を欲しがるからのう」

　農業の神クロノスは、しわがれた声でいじけて言う。

「いえ、俺は農業の神様を信仰したいと思います」

「それとも知恵の女神ミヤか。最近の異世界の若いもんの間には、最強賢者というのも流行っとるらしいのう。そりゃ知恵の神の加護があれば魔法を使い放題じゃからな」

「いえ、俺は農業したいんで」

「……いま、農業したいと言ったか？　ワシの聞き違いではなく？」

「ええ、ちょうど余生は田舎で農業したいと思ってたんですよ。農業の神様の加護がいただけるなら、何かと便利かなあと」

「ほ、本当にワシでいいのか。正直に言って、物作りでもそちらの鍛冶の神バルカンの加護の方が汎用《はんよう》性が高くて人気なんじゃが……」

「クロノス様は何ができるんですか」

　そう聞かれて、クロノス老神は目を輝かせる。

「農業は、生物の営みそのものじゃ。農業と言っても畑を耕すだけではない、それに加えて林業、漁業、畜産業、酒造り、料理などの農産加工物も幅広く網羅しておる！」

　勢い込んで農業の素晴らしさを語るクロノスの話をじっくりと聞いて、タダシは選択した。

「では俺は、農業の神クロノス様を信仰します。もう一度生き直せるなら、田舎でゆったりと自然と共に暮らしたいなと思ってたんです」

タダシがそう言うと、他の神々がざわざわと騒ぎ出した。

選ばれた当の農業の神クロノスは、その場に崩れ落ちるとブワッと泣き出した。

「ううう、うわぁぁあああああ……」

「ど、どうされたんですか、神様」

農業の神クロノスは、助け起こそうとするタダシにすがりつき、泣き叫ぶ。

「これが泣かずにはいられようか！　そうか、お前は知らなんだな。これまで世界開闢《かいびゃく》より数万年！　アヴェスターは異世界より二千二十四人の転生者を迎えたが、農業の神の加護を選んだのはお前が初めてじゃ」

「そうなんですか？」

食べるに困らないというのはいいことだと思うのだが、農業の神様を選ぶ人がこれまでいないとは意外だった。

タダシがいいなと思う農家は、勇者や賢者より見劣りする職業らしい。

「そ、そうじゃ！　お前の名前を聞いておらなんだ」

「大野です。大野タダシ」

「おお、なんと良き名じゃ。大野タダシか、まるで農業をするために生まれてきたような男じゃ！」

「そうですかねえ」

そう言われると悪い気はしないが、そんな風におだてられてもいまいちピンとこない。

「それにしても、異世界に来てまで農業をしたいとは、今どきなんと稀有《けう》な若者じゃ！　これを逃してはなるものか、始まりの女神アリア様よ！」

「なんですか、クロノス」

「こんな機会、もう二度とないかもしれん。一生の頼みじゃ、どうか大野タダシにワシの全てを懸けさせてくれぇ！」

　真剣に頭を下げて願うクロノスに、始まりの女神アリアも「良いでしょう」と頷いた。

「ではタダシ。お前にワシのありったけの力を授ける！」

　クロノスが、タダシの右手を掴むと世界が虹色に輝き出した。

「うわ、手の甲に何か出てきました。入れ墨？」

「ワシも転生者に加護を与えるのは初めてで驚いた。しかし、やはりタダシこそが、この世界の救世主となるべき男だったようじゃぞ。農業神の加護☆☆☆☆☆☆☆《セブンスター》じゃ！」

　タダシの手の甲に、七つの星が浮かび上がってきたのだ。

　躍り上がって喜ぶ様子のクロノスに、どうやらこれは凄いことのようだと気がつくタダシ。

　しかし、それに他の神々が異を唱えだした。

「ちょっと待てクロノスの爺さん。いい加減にしろ！」

「そうや爺さん。これはちょっと黙っとれんで、☆七つは反則やろ！」

　血相を変えて取り囲んだのは、猛々しき英雄の神ヘルケバリツと知恵の女神ミヤであった。

2. 神々からの加護を受ける

英雄の神ヘルケバリツと知恵の女神ミヤの二人に責め寄られて、農業の神クロノスは顔を真っ赤にして怒り出す。

「何が反則じゃ！　不正などしとらん。今のを見たじゃろ、タダシは正真正銘、農業の天才なんじゃ！」

声を嗄《か》らして叫ぶ農業の神クロノスに、英雄神と知恵神が呆れたように言う。

「そういうことじゃない。人間に与える加護は、最大でも☆五つまでと決まっているだろう」

「そや！　いくらドマイナーな農業の加護でも☆☆☆☆☆☆☆《セブンスター》なんて人間に授けていいレベルやないぞ。世界の法則が乱れる。始まりの女神アリア様も、こんなんほっといたらいかんでしょう！」

「おのれぇ、黙って聞いておれば誰がドマイナーじゃ。その言葉取り消せ、農業は人の営みの基本なんじゃぞ！」

「爺さんは全然黙ってないやろ！」

ケンカしだす二人の間に入って、始まりの女神アリアは説明する。

「二柱とも聞きなさい。これには訳があるのです」

「聞かせてもらいましょうか」

「知恵の女神ミヤよ。さっき世界が乱れると言いましたね」

「そりゃ言いましたよ。人間に☆七つなんて与えたらいけません」

「では、ミヤから見て今のアヴェスターは乱れてはいないのですか？」

「それは……」

様々な種族が無益な争いを続け、一部では発展している地域もあるものの、多くの地域に飢餓に貧困、強国による圧政がはびこっている。

信者の声を聞く神ならば、アヴェスター世界が荒れていることは理解している。

世界に間接的な関与しかできない神々にとって頭の痛い問題だった。

始まりの女神アリアは続ける。

「農業の加護を受ける転生者は、この大野タダシが初めてです。これまでの転生者二千二十四人のうち、ミヤが加護を与えたのは何人でした？」

「えっと、五百三十三人やったかな」

「英雄の神ヘルケバリッツ。貴方が加護を与えた勇者はすでに八百人を超えてますよね」

「それはそうですが」

「少ない順から見ても、魔物の神オードの加護を望んで古龍となった変わり者が四人もいました。魔族の神ディアベルの加護を受けて魔王となったのが二十四人、鍛冶の神バルカンの加護を受けた名工が八十六人……」

こうして神の神たる始まりの女神アリアに数え上げられては、二人も怒りの鉾《ほこ》を収めるしかない。

　明らかにアヴェスターはバランスを欠いているのだ。

「うーん。そう言われるとしゃーないっちゅうことなんかな」

「戦闘力に関わりない農業の加護なら、☆七つでも大きな混乱は起きないでしょう。むしろ食べ物が満ちれば、世界はその分だけ平和になるはずです」

「いくらアリア様にそう言われても、やっぱり納得いかんけど、なあ大野タダシとか言ったな」

「はい」

　なんでこの女神様関西弁なんだろうと思いながら、タダシが答える。

「今からでも、ウチんとこに乗り換えんか。タダシの魂は素体としてはいいもんもっとるみたいやし、地味な農業神なんかよりウチの方が特典美味《おい》しいで」

　なんと知恵の神ミヤが引き抜きをかけてこようとした。

　これに対して、農業の神クロノスが怒り出すかと思えば――

「それじゃ！」

　ポンと手を叩いて、笑みを浮かべるので周りの神もキョトンとする。

「なんや、クロノス」

「知恵の女神ミヤ。それに英雄の神ヘルケバリツ。あーあと農業には道具もいるから、鍛冶の神バルカンもじゃな。お前らもタダシに加護を与えるんじゃ！」

「はあ、何言っとんや爺さん！　ついにおかしなったんか？」

「タダシはこの世界の希望じゃぞ。農業の加護だけでは不安がある。モンスターと戦う力も、道具を作る力も要るじゃろ！」

「いやいやいや、あかんに決まっとるやろ。複数の加護とか、前代未聞やろ！」

「農業の加護を受けた若者が出るのが初めてのことなんじゃ！　前代未聞どんとこいじゃわい」

「あかん。ウチは絶対反対やぞ！　☆七つだけでも世界を壊しかねんのに！」

「このケチんぼ！　アヴェスターで強く生き抜くには戦闘力も必要じゃ。英雄の神ヘルケバリツ。お前ならわかってくれるよな、これはこの世界のためでもあるんじゃ！」

「いやしかし、爺さん」

「ヘルケバリツ頼む。この年寄りの一生の願いじゃ」

「お、おい爺さん。仮にも神が、土下座なんて情けない真似をするんじゃない！」

「神力の弱いワシには、タダシのためにこれぐらいしかしてやれんのじゃ」

なんと農業の神クロノスは、膝をついて土下座をした。

神ならば、魂の強そうな転生者は己の神力を高めるために独占しようとするもの。

それをクロノスは、膝をついてまで助けを乞い願っているのだ。

己を顧みず、この世界のために尽くそうとする誠意。

ヘルケバリツもこれには唸らされた。

「わ、わかった。わかったから頭を上げろ、クロノス」

「わかってくれたか！」

「ただし、英雄の加護☆一つだけだからな。もう二度とやらんぞ！」

ヘルケバリツはタダシの右手を取って、更に英雄の星が一つ刻まれる。

「さあ次は、鍛冶の神バルカンの番じゃ」

どっしりとした背の低いドワーフの特徴を持つバルカンは、頬髭をさすりながら言う。

「まあ、クロノスとワシの仲じゃ。☆一つくらいならくれてやっても構わんがの」

「よっしゃ！」

鍛冶の神バルカンは、どしどしとタダシの前にくる。

「問題は、お前の方じゃ。タダシとかいったな」

「はい」

「ワシら神が加護を与えるということは、信仰するってことじゃ。これは契約なんじゃから、それなりの見返りはもらわなきゃいかん」

「あ、あの。お金は持ってないんですが」

どうせ死んだのでお金は持ってこられないのだが、元の世界にも貯金はほとんどなかったタダシだ。

これを聞いて、バルカンは髭を揺らして笑い出した。

「ブハハハッ、こりゃ面白い男じゃな、クロノス」

「そうじゃろ。将来有望の若者じゃぞ！」

ひとしきり笑うとバルカンは言う。

「おい聞けタダシ。見返りと言っても難しいことじゃない。ワシらの祭壇《さいだん》を作ってそこにお供えしてくれればいいんじゃ」

「ああ、なるほど。神棚にお供えすればいいんですか」

それなら元の世界にもあったものだから、タダシにもわかりやすい。

「お供えは、ワシなら酒とツマミが好みじゃが、上質な貢物《みつぎもの》を期待しとるぞ。なにせこの世界で初めての農業の神クロノスに愛されし転生者なのじゃからな」

そう言うと、タダシの手を取り鍛冶の加護☆を一つ与えた。

「ありがとうございます。えっと、英雄の神ヘルケバリツ様にも、ちゃんとお供えをしますね」

そう言われて英雄の神ヘルケバリツはキョトンとした顔をしたが、プイと向こうを向いてしまう。

「ふん、私は望んで加護を与えたわけではない！」

「それでも余裕ができたら、必ずお返ししますので」

率直なタダシの返答に、意固地になっているヘルケバリツもバツが悪そうにバリバリと頭を掻いて言う。

「律儀なのは良いことだ。望まぬこととはいえ、お前には英雄の星を与えたのだ。己の心に照らして、恥ずかしい真似はするなよ」

「ご忠告ありがとうございます」

その様子を微笑んで見守っていた始まりの女神アリアが、パンパンと手を叩いた。

「さあ、では、大野タダシよ。こんなところで良いですか」

「はい、えっと、始まりの女神様。ありがとうございます。良き人生が送れることを祈ってます」

「与えられた加護を手に、下界へと転生しなさい」

始まりの女神アリアがパチンと指を鳴らすと、タダシの身体がふわりと風に乗って浮き上がり、天上界から下界へと降りていく。

「うわああ！」

激しい風にあおられながら降りていく大野タダシの眼下に広がるのは、巨大な大陸が一つに無数の島が広がる異世界アヴェスターであった。

その中の、他の地域から隔絶した辺獄《へんごく》と呼ばれる亜大陸へとタダシは落ちていくのだった。

3. 異世界の大地に立つ

異世界の大地に降り立った大野タダシは、辺りを見回してびっくりする。

「なんだここ、何もない！」

そこに、追いかけてきたのか農業の神クロノスが、空からやって来る。

「おお、着いたようじゃな。早速、チュートリアルを開始するぞ」

「クロノス様。ここ、本当に何もないですよ」

「ん、まあそうじゃが、山、川、森、平原。農業に必要なものは揃っとるじゃろ」

言われてみれば周りを高い山脈が囲む平地で、近くに森があり川が流れている。

しかし、全くの無人の土地である。

しかもなんか植生がおかしいというか、荒れ地すぎないだろうか。

それに、周りに家もなければ人っ子一人いないのも気になる。

「でも、誰もいないんですが。農地にできそうな土地があるのは嬉しいんですが、農業には文明も必要というか……」

タダシは田舎で農業がしたいと願っていたのだが、まさか無人の荒野に連れてこられるとは思ってなかった。

種や苗を買うお店がないと農業はできない。

「うーん、そこなんじゃがなあ」

「なんでわざわざ、こんなところでスタートなんですか」

なんか森もよく見るとかなり荒れ果てているというか、枯れ木ばかりで緑が極端に少なく不気味な感じがする。

ゆっくりと流れている川も、どす黒く濁っていて瘴気《しょうき》じみた霧のようなものがかかっている。

「辺りに人が全く住んでない地域となると、ここしかなかったのじゃ」

「なんでまた。どっか適当な国にでも送ってくれればよかったのに」

「言いにくいんじゃが、どこの国も税金が高いんじゃ」

「あ……」

重税には、タダシも前世で死ぬほど苦しめられてきた。

しかも、異世界ファンタジーといえば勇者とか賢者はいい目を見るが、貧しい農民とか酷い目に遭うと相場が決まっている。

下手をすれば農奴とかにされるかも。

「そりゃもっと農業に適した土地はたくさんあった。しかし、お前がどっかの国で農業やるじゃろ。そうすると、必ず貴族に重税を課せられて酷い目に遭う」

「なるほど、それは嫌です」

荒野に連れてこられたので神の試練かと思ったが、むしろ善意だったんだなと気がつく。

「この世界の国はどこも戦ばかりで腐っておるからな、ワシの信者の農民達もそれはもう酷い目に遭っておるんじゃ。タダシにそんな思いはさせたくなかった」

「お気遣いありがとうございます。でもここ、本当に人が住めるんですか？」

なんか見れば見るほど荒れ果てた土地というか、川の水も凄く濁っているので飲めそうな感じがしない。

どうやって生きていけばいいんだろう。

「うむ、ここは神の恵みから見捨てられた辺獄《へんごく》と呼ばれる巨大な半島じゃ。辺獄の魔岩や生えている魔木は鉄よりも硬くて斧もツルハシも歯が立たず、辺獄を流れる嘆きの川は猛毒に汚染されておる。まともな人間は住めんのう」

「ダメじゃないですか！」

チッチチッチッとクロノスは指を振る。

「しかし、この地が神に見捨てられた土地と呼ばれるのも今日この時までじゃ。なぜなら、農業神の加護☆☆☆☆☆☆☆《セブンスター》を持つ大野タダシがいるんじゃからな」

「加護といっても、どう使えばいいんでしょうか？」

「ふむ。まず、その川に手で触れてみよ」

「えー」

猛毒の川だと言われてしまうと躊躇《ちゅうちょ》してしまうのだが、根が素直なタダシは言われたままに手を触れる。

すると、どす黒く濁っていた水が蒼く清い流れへと変わっていく。

「どうじゃ。飲んでみるがいい」

川の水なのに、まるで澄んだ湧き水のように甘みがあって身体に染み渡る。

「美味しい……」

タダシは、美味しくて何度も汲んで飲む。

ただの水がこんなに美味しいなんて信じられない！

「予想通り上手くいったのう。このように農業の加護では、水や土壌を浄化することができる。前代未聞の加護を持つタダシの力で浄化していけば、いずれこの亜大陸全体を完全に浄化することも可能じゃろうて」

「ありがとうございます。これならなんとかなりそうです」

とりあえず、水が確保できてタダシはホッとする。

「待て待て、まだ感謝するのは早いぞ。まずこの世界に降ろすのに合わせて、タダシの肉体を二十年ほど若返らせておいた」

「あ、道理で身体が軽いと思ってたんですよ」

あれほどガタがきていた肉体が、まるで大学生の頃に戻ったように元気だ。

腰も肩も全く痛まないのは涙が出るほどありがたい。

「農業の加護は肉体にも作用しておるから、体力は泉のごとく無限に湧き出し、どんな辛い農作業をしても疲れることはない。怪我も病気も心配いらんじゃろ」

「こういう場所では助かりますね」

「それとな。これはワシからのささやかなプレゼントじゃ」

クロノスは嬉しそうにアイテムバッグを手渡す。

「これは？」

「カッカッカ、これは知恵の女神ミヤからもらってきたマジックバッグじゃ。莫大な収納スペースを誇り、中に入れたものは時間が止まって決して腐敗しないという農業をやるには適したアイテムじゃ」

「もらってきたって、大丈夫なんですか？」

「うーん、実は宝物倉から勝手に持ってきたから、大丈夫じゃないかもしれん」

「ダメじゃないですか！」

「し、心配いらん、ワシが後で謝っておく。だいたい、ケチってタダシに加護をよこさんかったミヤが悪いんじゃ。知恵の神の魔法が使えれば、マジックバッグなんていらんかったんじゃから」

本当にもらっていいのかかなり気になるタダシだが、ともかく今は生存が優先なのでもらっておくことにした。

「それなら許してもらえるように、俺からも知恵の女神ミヤ様にも手厚いお礼をしておきます。お供えしたらよかったんでしたっけ」

「ああ、そうしてもらえると助かる。本来なら、あんなケチンボにお供えなんぞくれてやることはないんじゃが、あれで怒らせたら怖い神じゃしな」

なんか神様同士、色々あって大変なんだなと苦笑してしまう。

ともかく、これで飲み水の確保はオーケー。

「次は食料の確保かな」

「よろしい、では早速農業の開始じゃな。そのバッグは水も汲めるので少し汲んでおきなさい」

神様の言う通りバッグを川に近づけてみると、見る見る水を吸い上げていく。

本当に便利なバッグだ。これならコップやジョウロがなくても当面なんとかなるかもしれない。

「これぐらいでいいかな。うわああ！」

水を吸い上げ続けていたら、バッグの中に巨大な魚がぬるっと入ってきた。

今のはなんだろう。鮫《さめ》じゃなかったようだけど、鮭《さけ》か、鱒《ます》か？　それにしても大きさが凄かったような。

「さすがはタダシじゃ、もう食料をゲットしたようじゃな」

「そうですね。後で食べましょうか。その前に魚を捌《さば》く道具も作らないとですが」

観察していたクロノスは、そこに一言付け加える。

「そこらの粘土も入れておいた方がいいかもしれんな」

「粘土ですか？」

そんな物を何に使うんだと思うが、他ならぬ神様が言うのでマジックバッグに詰め込んでおく。

「そのへんは順番に片付けていくがいい。ここらで手に入るものはこんなものか、次に有用な物資や植物を探しに森に行くのじゃ」

タダシはクロノスと連れ立って、枯れ木がたくさん生えている北の森へと行くのだった。

4. 農作業を始める

タダシが北の森の間近まで行くと、遠目から見るとただの枯れた木に見えた魔木が凄まじいものであることに気がついた。

まるで地中から逆さまに根っこが生えているような黒い巨木で、幹が異常に太く凄まじく硬い。

そんな木でも枝が折れることはあるらしく、落ちていた魔木の棒を拾ってみたが、まるで鋼の棒のようだった。

不気味な魔木と枯れ草しかない荒涼とした森ではあったが、神様の言いつけ通り入念に探してみると、様々な有用な植物の種を発見することができた。

「どうじゃ、探せば結構あるもんじゃろ」

農業の神クロノスが楽しそうに言う。

「ええ、驚きました。それにしても農業の加護は凄いです。種の品種までわかるんですね」

一部、名前だけでどんな効果があるのかわからないものもあるが、種を見ただけでどんな植物かわかるようになっているのに驚いた。

おかげで毒のあるものは避けられるからありがたい。

「高ランクの加護を持つ者が、専門分野の鑑定をできるのは当たり前じゃからな」

タダシが拾い集めたのは、ヒノキの種、椎の実（ドングリの小さいやつ）、アブラナの種、タンポポの種、牧草の種、エリシア草の種、魔木に巻き付いていた黒いツタ、ハタケシメジ、動物の骨、黒く硬い石、魔木の枝、そして大量の枯れ草。

「いいかタダシ。植物は強いんじゃ。こんな荒れ果てた土地にも、植物の種は風や獣に運ばれてどこからでも飛んでくるもんじゃ」

「このエリシア草というのだけわからないんですが」

「ああ、それは大当たりじゃな。癒やしの女神エリシアの名を冠する、最高級の薬草じゃ」

「そんなに凄いものなんですね！」

「うむ。そのまま使ってもいいし、薬師の手にかかれば万能薬エリクサーも作れる。本来ならこんな場所に種など落ちておらんと思うんじゃが、もしかしたら癒やしの女神エリシアが、助けてくれたのかもしれんのう」

「ありがたいことです。早速育ててみたいと思うんですが……」

「おお、そうじゃった。あまり農業らしい作物とは言えんが、最初はこんなもんじゃろ。まず、何かで土を耕して水をかけてみよ」

「そうですね。今あるもので、こんなもんでどうでしょうか」

黒いツタは、悪魔のツタとかいう恐ろしげな名前がついているのだが、丈夫でゴムのように伸び縮みして工作にはもってこいだった。

悪魔のツタを使い、魔木の棒に尖った黒く硬い石をくくりつける。

「ほう、器用なもんじゃな」

「自分でもこんなに上手く作れるとは思いませんでした」

手仕事などしたことないのに、思った通りの物が作れる。

「タダシには鍛冶の神の加護もあるからの」

「しかし、鋤《すき》のつもりで作ったんですけど、これじゃほとんど掘り棒ですね」

掘り棒は、極めて原始的な農具だ。

まるでサバイバル。

「良いではないか。ゼロから農業を始めるのもまた醍醐味じゃ。さあ、一意専心。心を込めて最初の鋤《す》き起こしを行うのじゃ」

「わかりました！」

タダシは、北の森を出て嘆きの川にも森にも近い平地を最初のキャンプ地と決めた。

記念すべき最初の第一歩。

粗末な手製の掘り棒をザクッと地面に突き立てる。

その時だった。

地中に衝撃波のようなものがブワッ！　っと伝わっていき、辺りの一面の土がザクザクザクザクっと一気にひっくり返った。

「な、なんと！」

「……あれ、これどうなったんですか」

「ワシのほうが聞きたい。今のどうやったんじゃ⁉」

「心を込めろっていうから『耕す』って気持ちで掘り返したんですが」

「うむー」

掘り返された土を調べて、うーんと唸っているクロノス。

「神様。なにかおかしいですか？」

「正直なところワシにもわからんのじゃ。農神の加護☆☆☆☆☆☆☆《セブンスター》なんて初めてのことじゃから。ワシにこれほどの加護を起こす神力があるとは思えないが、タダシのおかげかもしれん」

「俺のせいですか」

「ああ、純粋な人の願いは時に奇跡を起こすんじゃ」

「ずっと何十年も、こういうことがしたいなと思ってたんです」

「そうか、そのタダシの思いは無駄ではなかったということじゃろう。一瞬で枯れた土が農業に適した良い土へと変わった。さあ次は、水を撒いてみよ」

神様の言う通り、マジックバッグを逆さにして辺りに水をばらまいた。

「なんか赤茶けた土が、更に良さそうな土色になってきましたね」

「そうじゃな。ではいよいよ種を蒔《ま》いてみよう。まずは木材の確保からじゃぞ」

神様の言う通り、ヒノキの種をまず最初に蒔く。

すると、蒔いた途端にニョキッと芽が出てきた。

「神様！　なんか芽が出てきたんですが！」

「さっきの衝撃波みたいなのはワシもびっくらこいたが、本当にタダシには驚かされるの」

「これは一体どうなってるんですか？」

二人の目の前で、ヒノキが見る見る若木へと成長していく。

まるで絵本の『ジャックと豆の木』みたいだ。

「ワシの中で、農業の神としての神力がみなぎってくるのを感じる。これだけの神力と、タダシの加護の力をもってすれば、どんな植物でも三日で収穫できるじゃろう。このようなヒノキであっても、三日で大木へと成長するわけじゃ」

「神様ありがとうございます！　これは凄く助かりますよ！」

正直、燃料もなくこんな寒々としたところで野宿するのかと思っていたのでタダシは喜んだ。

「なに、これはワシに力を与えてくれたタダシのおかげでもある。それに驚くのはまだ早い。さっき拾った動物の骨をすり潰して撒いてみよ」

黒く硬い石をすり鉢にして、タダシは骨粉を作って伸びつつあるヒノキに撒いた。

すると更に若木が勢いをまして伸びていく。

まるで凄まじい速度で成長する様子を見ているようだ。

「これは凄い！」

「肥料になるものを撒いて更に成長を加速させることもできるのじゃ。この勢いならきっと、二日で大木まで成長するぞ。ささ、他のものも植え付けてみよう」

神様の勧めるままに、タダシは熱心にザクザクと耕して畝《うね》を広げていく。

水と肥料を撒いて、持っている種を全て植え付ける頃には日が暮れだした。

「これは、凄く楽しいです」

植物の成長が自分の眼で見られるのだ。

こんなに面白いことはない。

「さて、そろそろ材木の確保をせにゃならん」

「まだ大きくなりそうなのに、伐《き》るのは忍びないですね」

そうはいっても木材は必要なので、タダシはごめんねと手を合わせると、さっきの要領で石斧を作り思いっきりヒノキの幹に打ち付けて倒した。

神様に言われずとも、手頃な大きさに伐り揃えていく。

「だんだん要領がわかってきたようじゃな」

「でも神様。木材って乾燥させないと、薪《まき》にならないんじゃないですか」

「よく知っとるの。伐ったばかりの木は大量の水を含んでおるので、材木や薪にはならん。本来なら天然乾燥が必要じゃが、それもタダシなら三日でできるじゃろう」

「そうなんですが、三日でできるのはとてもありがたいんですが……」

すでに辺りも暗くなってきている。

できれば、今すぐに薪《まき》が必要なのだ。

「そんな心配そうな顔をするでない。そこの薪を一本とって絞ってみよ」

「絞るですか?」

「うむ、ゾウキンを絞るようにな」

言われるままに、タダシは思いっきり力を込めて絞ってみた。

すると、ビシャビシャビシャと引き絞られた薪から水が落ちていく。

「こ、これ、どうなってるんですか」

すぐにカラッカラの薪が出来上がった。

タダシは、自分でもなんでこんなことができるのかわからないのでびっくりする。

まるで魔法のようだ。

「カッカッカッ、今更何を驚いておるんじゃ」

「凄い。これも神様の加護の力というものですか」

薪を絞るなんて、何度やってみても不思議だ。

タダシは、目の前の神技を確かめるように乾いた薪を作って、どんどんと積み上げていく。

「そうじゃ。タダシよ、元の世界の常識で物事を図ってはいかんぞ。ここは神の恵みのある世界じゃ」

「まるで魔法みたいですね」

タダシもほんの短い時間でできた畑を眺めて、改めて不思議な世界なんだなあと感じ入る。

「いや、魔法なんてつまらんもんじゃないぞ！　お前には、無限の可能性を秘めた神技が備わっておる。ワシだけではなく、神々の加護に守られておるのじゃからな」

「神々の加護。ありがたいことです」

天上界では神様達が農業の加護☆☆☆☆☆☆☆《セブンスター》に驚いていたが、どうやらこれは本当に凄い力のようだとタダシもようやく実感し始めていた。

「よし。じゃあ、次は火起こしじゃな」

「あのすみません。自分で火なんて起こしたことがなくて」

「なに、心配はいらん。そこの枯れ草をよく解きほぐして火口《ほくち》を作ってみよ」

「こうですか」

「そして、黒い石と魔木をすり合わせて火花を飛ばすんじゃ」

ザラザラとした硬い表面がこすれあって火花が飛び、すぐに火口が点火した。

「おお、できます！」

「その火種を大きくして、小枝から薪へと火を移していく……」

見事に燃え上がった薪の周りに黒い石を並べれば、キャンプファイヤーの完成だ。

「文明の光ですね」

「先程あれ程の神業を見せておいて、ただの火起こしで喜んでおるのか。タダシは面白いやつじゃな」

「そりゃ感動しますよ。キャンプファイヤーとか、こういうことをずっとやってみたかったんです」

「そうか、こうしてともに火を囲むのも良いものじゃからな」

焚き火を囲んで丸太の椅子に腰掛けた二人は、そう言って笑いあった。

5. 縄文土器を作る

闇夜を照らすキャンプファイヤーを見ていると心が和む。

パチパチと時折、火花が弾ける音。

焚き火なんて林間学校でやったくらいだろうか。

それなのに、とても懐かしい気持ちがする。

日本人の心に刻み込まれた過去の記憶。

タダシの祖先達もずっとこうして生きてきたのだ。

タダシと農業の神クロノスは、火を囲んでとりとめもない会話を続けていた。

日本の都会で暮らしながらタダシがずっと思っていたこと、農業への思い。

そして、この世界で今後どうやって生活を向上させていくか。タダシはちょっと考え込む。

「うーん」

「どうしたタダシ」

「家とかはなんとかなりそうって思うんですけど、まずお湯を沸かせる鍋が要るなって」

木は手に入ったのだが、加工できる金属がないというのは割と不便だ。

マジックバッグはかなり自由な水の出し方ができるのだが、鍋の代わりにはならない。

「なんじゃ、そんなことか。そのためにさっき粘土を拾ったんじゃろ?」

「あ、そうか……土器ですね！」

不器用だから無理だと思ってたけど、土器づくりとか一度やってみたいと思っていたのだ。

鍛冶の加護がある今ならできる気がする。

「粘土に少し砂を混ぜると割れにくくなるぞ」

「やってみます」

タダシは粘土をこね回して、大小様々な器の形にしていく。

神様の言いつけ通りに造形していったのだが、ちょっと思いついて悪魔のツタで縄《なわ》を編んで、それで柄を付けていく。

「おお、その柄はなんじゃ」

「縄文土器です。俺の国の遠い祖先がこういう器を作ってたんですよ」

「面白い文様《もんよう》じゃなあ。これがタダシの世界の土器か、見事な創意じゃ」

「これを作ってたのは、大昔の話ですけどね」

大きな壺から小さなコップまで、楽しみながら土器を作って焚き火の周りで焼いていく。

「もう直火にかけて焼いてもいいぞ」

「真っ黒になってきましたよ」

「本来なら急激にやると割れてしまうんじゃが、タダシには加護があるからそれでいいんじゃ。もういいぞ」

どうやら土器づくりも早くできるらしい。

「もうできたんですか」

「あとは、砂をかけて粗熱を取れば完成じゃ。表面を石で磨くと見栄えも良くなるし水も染み込みにくくなるぞ」

「凄いな。どんどん焼いてみます」

面白くなったタダシは、焚き火をたくさん作って各工程で生産していく。

作りすぎてしまったが、たくさんあっても困らないだろう。火焔型縄文土器も作ってみた。

「これはまた芸術的じゃな。タダシは物造りの才能もあるぞ！」

「アハハッ、これ何に使うんだって感じですけどね」

タダシはやっていくうちにだんだんと楽しくなってきた。

こうやってワイワイ楽しみながら仕事するのはいつぶりだろうか。

来る日も来る日もデスクでルーティンワークを処理して疲弊《ひへい》していた昨日までが夢みたいだ。

最高の土器を完成させて石で磨き上げたら、今この時こそが自分の人生なんだって実感がようやく湧いてきた。

「なんだかお腹が空いてきてしまいました」

さっそく作った土器でお湯を沸かして飲んでみたが、これでは腹は膨れない。

「ふーむ。そういや、さっき取った大魚はどうじゃ」

「デビルサーモンなんて名前なんですが、ほんとに食べられるんですか」

木材で大きなまな板を作って並べてみたが、ほんとにでかい。

「食べられるかじゃと？　タダシ、この魚の口元を見てみい」

「うわ、これ鮫《さめ》みたいな」

「デビルサーモンは、船の底を食い破って人を襲って食うほどの魔魚じゃぞ」

「うええ！」

　こっちが食われるのか。タダシはビックリして後ずさりする。

「カッカッカッ、心配せんでも大丈夫じゃわい。この魔魚は農業の加護☆☆☆☆☆☆☆《セブンスター》の浄化を受けたんじゃ。だいぶと大人しくなっておる」

「ほんとですか？」

　見るからに恐ろしい、肉を食いちぎられそうなほどやばい牙なのだが。

「加護を解いたら元の凶暴な魔魚に戻るぞ。まだピチピチに生きておるし、いっちょ戦闘訓練でもやってみるか」

「嫌ですよ！　俺は平凡な農夫になるつもりなんですから怖いことはしたくありません」

「冗談じゃよ。まあ、加護で大人しくならん魔物もおるからのう」

「そんなのもいるんですか」

「うむ、あの森にも魔獣なんかが住んどるはずじゃぞ。加護の影響を受けても、まだ凶暴な性質を捨てられん凶悪な魔物もおるじゃろ」

「えええ……」

　どこからがいけてどこからがダメなのか、ちゃんと線引きしておいてほしい。

「今夜はワシが付いておるが、畑には柵も作って家を建てて寝るようにした方がええじゃろな」

その時、森からギョエーと恐ろしげな鳴き声が聞こえた。

「い、今のはなんですか」

「魔鳥の鳴き声かの」

「ぶ、武器を作らないと」

「そう慌てんでもいいじゃろ。武器はお前の手元にあるじゃないか」

「あ、これですか」

タダシが所持している鋤《すき》には、尖った石もついており鋼のように硬い。

「その魔木も魔鉱石も、鉄よりも硬いんじゃから。それで殴ったら鋼の棍棒より強いじゃろ」

「なるほど。これは武器になりますね」

しかし、そんな環境だからこそ強い魔獣がいるとも言える。

森に動物の骨があったから獣なんかはいるとはわかっていたが、今後はより警戒は怠らないようにしようと胸に決めた。

「英雄の加護だってあるんじゃから、そこらの戦士よりも武器は扱える。今のタダシは強いんじゃから、そんなに心配することもないのじゃ」

「そうですか。でも、何か準備しておかないとと思います」

「ふむ。じゃあ、エリシア草をいくつか引っこ抜いてくるのじゃ。念のために、それを使った治療法を教えておく」

心配性だなと神様に笑われながら、タダシは真剣に治療の方法を聞いた。

「しかし、慎重なのはいいことじゃな。こうして学んでおけば、いずれ自分だけでなく多くの人を救うことにもなるかもしれん……」

「神様？」

「いや、なんでもない。さあ飯を作るんではなかったか」

「あ、はい。じゃあ、デビルサーモンを捌《さば》きますね」

神様が大鍋を持ってくるので、石包丁でデビルサーモンを調理する。

あまりいい道具ではないのでほとんどぶつ切りにする形になるが、煮れば食べられるだろう。

これだけじゃ具材が寂しすぎるなと、タダシはせめてキノコでも入れようとハタケシメジを持ってきた。

肥料を撒いたせいか見事に根が張って小さいのはたくさんできていたが、なんとか食べられそうなのはまだ数本だけだった。

「うーん、美味しいんだけど。魚なら醤油か味噌、せめて塩がないとなあ」

味見をしてみるとサーモンやキノコの旨味は出ているのだが、現代の食生活に慣れたタダシの舌には寂しく感じる。

調味料の確保が、今後の課題となるだろう。

「タダシ、ちょっともったいないがエリシア草を刻んで入れてみい」

「やってみます。……あれ、味が良くなりました」

「そうじゃろ。万能薬の材料なんじゃから、薬味にもなるって寸法じゃな」

神様は、そんな冗談とも本気ともつかないようなことを言って笑う。

「神様は食べないんですか」

「ワシは神じゃから、お供えしてもらわんとな」

「ああそういう話がありましたね。どうすればいいんですか？」

「本来なら石像でも作ってもらうところなんじゃが、ここで使える道具となると……」

タダシは、農業の神クロノスの神像を造って、その前にお供えすることにした。

「はあ、これで食えるわい」

クロノスは供えられたお椀をとって、木のスプーンで美味しそうに食べる。

「お味はいかがですか」

「タダシが作ってくれたものがマズイはずもあるまい。こんな美味い供物は久しぶりじゃ」

「それはよかった」

誰かが食べてくれるというのは張り合いもあるものだ。

タダシは、これもついぞ味わうことのなかった喜びだと思った。

「これなら、鍛冶の神のやつも呼んでもいいな。あいつの神像もこしらえてやってくれんか」

「バルカン様ですか？」

「うむ。やはり道具はいい物を揃えたいじゃろ。そろそろ、あいつの出番じゃ」

そう言うと、神様はデビルサーモンのスープを啜って楽しそうに笑った。

6. 魔鋼鉄の道具を作る

タダシは農業の神クロノスに勧められて、鍛冶の神バルカンの神像も粘土で造ってお供えをしてみる。

すると即席の祭壇《さいだん》に、バルカンが現れた。

「思ったより早い呼び出しじゃの」

「おお、バルカン。さっそくタダシが作ってくれたお供え物をいただこうぞ」

「ふむ、これは魚の汁か」

バルカンはズズズッとデビルサーモンのスープを吸って、具を木のスプーンでかき込む。

「バルカン様、どうですか？」

「悪くはないな」

どうやらバルカンの口に合ったようで、タダシはホッとする。

せめて塩があればもっと美味しくできるだろうに。いずれ塩作りも考えるべきだろう。

「さてバルカン、食うものを食ったら仕事じゃ」

「なんだ。ゆっくり食事もさせてくれんのか」

「食いながらでも話くらいは聞けるじゃろ。問題はこれなんじゃ」

タダシにスープのお代わりをもらいながら、バルカンは黒い石を受け取る。

「ふむ、これは魔鉱石じゃな」

「そうじゃ。この鋼より硬い石しかこの地域には存在せん。これはワシの力でも加工が無理じゃ。鍛治の神力で、パパパパっと加工できるようにするのじゃ！」

「おいクロノス、無理を言うんじゃない」

「なんじゃバルカン。お前も、ミヤみたいにケチなことを言うのか！」

「待て待て、ふーむ……神力など使わずとも、これは加工可能じゃ」

「ふぁ!? いや、魔鉱石を加工したなんて話は聞いたことがないぞ！」

この地域の山脈の地肌はみんな魔鉱石なのだ。

普通の木材などで溶かして加工できるなら、有用な材料として利用が広がっているはずだ。

そうであれば、今みたいに神の恵みに見捨てられた土地みたいな扱いもされていないはず。

「そりゃ、やり方が広まってないだけじゃの。タダシよ。まず加工の道具をこしらえよ。炉と鉄床《かなとこ》、それにハンマーに火ばさみじゃな」

「結構難しそうですね」

「まず簡単なものでいい。いずれは金属を溶かす坩堝《るつぼ》や綺麗に成形できるように鋳型《いがた》も欲しいところじゃが、徐々に揃えていくべきじゃの」

今度は指導役がクロノスからバルカンに替わり、拾い集めた魔鉱石を並べて炉の建造からスタートする。

「ハハ、ようやくできた」

炉を組み立てて、一息つくタダシ。

「タダシ。疲れてはおらんか？」

土器に入れた水を差し出してクロノスが聞く。

「いや、やってみると楽しくて。身体も頑強にしていただいたおかげで、まだまだ働けますよ」

「そうか、しかしあんまり無理をするのはどうじゃろう」

「クロノス！　今は鍛冶の神の領分じゃぞ。タダシに教えてくれと頼んだのはクロノスではないか！」

「しかし、もう夜も更けてきた。タダシは今朝からずっと働き詰めじゃ。神である我々とは違うんじゃから、そろそろ休ませてはどうじゃ？」

心配するクロノスに、腕組みするバルカンは一息溜めて言った。

「素人は黙っとれ」

「なんじゃと」

「鉄は熱いうちに打てというではないか。クロノス、あのタダシの燃える瞳を見てみい」

タダシはやる気に燃えていた。

「クロノス様。俺は二日三日寝ないでも全然平気です！」

「そうは言ってものう」

「これまでやりたかったことがやれて楽しいんです！」

「クロノス。タダシが満足するまでやらせてやれ。こんだけやる気がある弟子なら、ワシも教えるのが楽しいわい」

タダシは、再び斧を振るって薪をたくさんこしらえて持ってくる。

「よし、まず徹底的に薪を燃やして、風を送って限界まで温度を上げるんじゃ」

「はい！」

黙々とした作業はタダシの得意分野であった。

「よーし。こんなもんでええじゃろ、あとはこの魔木を焚《く》べる」

「えっ、魔木って燃えないんじゃないんですか？」

確かそう聞いたはずだが。

その反応を見て、バルカンはニヤリと得意げに笑う。

「そういう風にこの世界では誤解されているが、実はガンガン燃やせば燃えるんじゃ。かなり長時間燃やしても燃え尽きないから、燃えないと誤解されてるじゃろうな」

「確かに焚べても燃えてるようには見えませんね」

「だが、ここからが大事なところじゃ」

「あ、炎の色が赤から青に変わりました。まるでガスバーナーみたいだ」

燃える魔木は、鮮やかな青色に変わっていく。

「そうじゃ。もしかして、もうわかったのか？」

「はい。魔木は普通の薪より高温で燃えるんではないですか。そして、魔鉱石を溶解《ようかい》させるにはそれほどの高い温度が必要とか」

「驚いた！　タダシは、かなり頭がいいの！」

「いや、学校の理科でそれくらいのことは学んだことがあるので」

細かいことは忘れたが、温度の違いで炎の色が変わることくらいは覚えている。

「ふむ、見事な洞察《どうさつ》じゃ。さすが、ミヤが横取りしようとした逸材じゃな。知恵の神の加護なんぞなくとも、賢者レベルの賢さを併せ持つか」

「いやいや！　そんな大したことじゃないですよ！」

「謙遜せんでもええじゃろ。のうクロノス」

バルカンが笑っていうと、クロノスは我が事のように喜んで言う。

「タダシは天才じゃからな。ただ、農業の天才じゃぞ。そこは忘れてはいかん！」

「ハハハッ、ワシは横取りするほど信者には困っておらんから安心せえ。さて、タダシ」

「はい！」

「どうすればいいかわかるなら、後は自分の創意工夫でやってみよ。間違ってたら教えてやるからの」

じっくりと熱した黒い魔鉱石を炙《あぶ》っていくと、不思議なことに段々と青く色が変化していく。

これでいいのかと思って、タダシは青くなった魔鉱石を鉄床の上に置くと、手製した魔鉱石のハンマーで叩き始めた。

「タダシ！」

「はい！」

鋭く言われて注意されるのかと一瞬身構えるが、バルカンはニヤッと笑う。

「合格じゃ。熱して溶けた魔鉱石は柔らかくなり、手製の魔鉱石のハンマーでも叩いて加工できる。よくそこに気がついた。お前ほど優秀な弟子は取ったことがない」

「ありがとうございます。でも、ここからどうしたらいいでしょう」

とにかく、昔の鍛冶屋さんがやってたように見様見真似で叩いてるだけだ。

「あとは、自分がどういう形に仕上げたいかだけじゃ。最初は鉄床に使う平板か、ハンマーの頭部でも作るのがええじゃろうな」

「なんとかやってみます！」

失敗したっていい。

こうやって、自分の手を動かして未知の領域にチャレンジするのはいつぶりだろうか。

タダシは、出来上がりをイメージして一心不乱にハンマーを振るい続けた。

「よーし。満足できたら水をかけて冷やすのじゃ」

「はい！」

「魔鉱石は溶けて不純物が抜けると魔鋼鉄となる。魔鉱石より硬くなるから、加工用の道具としてはより使いやすくなる。これなら、最初としては上出来じゃ」

「魔鋼鉄のハンマー、凄くかっこいいですね！」

水で冷やしてみると、青く輝く美しい光沢のハンマーと平板が出来上がった。

「ほう、わかるか！」

「不格好ですけど、自分の作ったものなので、なんて言ったらいいのかな、愛着がわきます」

「素晴らしい！　技術なんかより、それが一番大事なことなんじゃ」

「これを使ってもっと精巧な道具を作ってみようと思います」

「ほう！　まだ頑張るか！」

「はい。よかったらご指導願います！」

「よーし。次は大量に溶かしてなんとか鉄床をこしらえてみるか。しかし、坩堝に使えそうな素材がな」

「土器の壺じゃダメですよね」

「この高温になるとどうじゃろうな」

「えっと高温に耐える土ってなんだったかな。確かそういうのがあったんですよ、セラミック？陶土だったかな？」

「ふむ。磁器の坩堝を作るわけじゃな。それも試してみるか。坩堝を作るなら焼成窯《しょうせいがま》から作らんといかんな」

バルカンも鍛冶の神である。

当てずっぽうで安請け合いをしているわけではない。

始まりの女神アリアによって創世された世界には、きちんと意味がある。

神に見捨てられた土地と呼ばれている、この辺獄ですらそうなのだ。

魔鉱石を溶かせる魔木がここに生えているのだから、高温に耐えるセラミックの坩堝を作るための陶土もあるに違いない。

「はい、ここまできたら徹底的にやってみたいです」

「よーし！　タダシが満足する物ができるまで何度でも付き合うぞ！」

盛り上がったバルカンとタダシは、超人的なスピードで何度も何度も試行錯誤を繰り返し、ついに高温にも耐えるセラミックの坩堝と鋳型まで完成させることとなる。

「あのー。二人とも、もうとっくに日が昇ってしまったんじゃが」

クロノスは、タダシが疲れ切ったらいつでも休めるようにと、枯れ草のベッドをこしらえてやっていたのだが、どうやらまだまだ必要ではないようだった。

7. 農業の神と鍛冶の神は未来を語る

結局タダシは、鍛冶の神バルカンと一緒に道具作りを延々と二日も続けて、ようやく力尽きたように眠った。

枯れ草のベッドでこんこんと眠るタダシを見て、農業の神クロノスはつぶやく。

「さて、上手く種は蒔けたというところかの」

それを聞いてバルカンが面白そうに言う。

「いかにも農業神らしいものいいじゃな」

「豊かな土地に種を蒔けば芽はすくすくと育ち、花を咲かせ、やがて何千倍、何万倍もの実りをつけることができる」

「この男も、やがて花を咲かせるのか？」

「さあてな。この数日一緒に過ごしてワシにわかったことは、タダシが命を慈しむことのできる善き人間ということだけじゃ」

「大した働き者であることは確かじゃの。ワシも多くの名工を育てたが、こんなにやる気のある弟子を取ったのは初めてじゃわい」

まるで砂が水を吸うようにバルカンの教えを吸収し、ただ真似るだけではなく創意工夫まで加えてくる。

何よりそれを楽しんでいるのが一番いい。

タダシが試行錯誤して作り上げた、青く輝く惚れ惚れする出来の魔鋼鉄の鍬《くわ》を眺めて、バルカンはつぶやく。

「この男ならば、与えた加護を正しく使ってくれるであろう。これでこの痩せ細った世界も少しはマシになるか？」

この荒れ果てた辺獄は、アヴェスター世界のかかえる歪みそのものだ。

そこにタダシが降り立ったのも、全ては意味あること。

だが、その先は神々にすらわからない。

バルカンの問いかけにクロノスは静かに首を横に振る。

「どちらにせよ、ワシら神にできることは今を生きる人にきっかけを与えることだけ。どのような花を咲かせ、実りをもたらすかはタダシ次第じゃ」

「ふむ……」

二人の神は、静かに夜空を見上げる。

やがて空は白みだし、山の向こうから朝日が昇る。

タダシが作った畑を見れば、朝日に照らされた木々が実りをもたらしているところだった。

手で髭をしごきながら、バルカンは「……それで良いか」とつぶやく。

「そうじゃ、それが良いんじゃ。おお、タダシ起きたか！」

「……神様、おはようございます」

目を覚ましたタダシに、クロノスは優しく微笑む。

「チュートリアルはこれで終わりじゃ。ワシらが教えたことを元に、自分なりにこの土地を切り拓《ひら》いていくがよい！」

「はい、ありがとうございます」

丸太の椅子に座り込んでいたバルカンも、やれやれと腰を上げる。

「タダシ、久々に楽しい仕事じゃった。なにか困ったことがあれば、また呼び出すがよい。助けてやらんこともないぞ」

美味《うま》いお供えがあればだがなと、バルカンは髭を揺らして笑う。

「はい、そのうちお酒も作ってみます」

「楽しみにしておるが、無理はせんでいいからな」

「そうじゃ、最初は生活の基盤を整えるのが先じゃぞ。お供えなんぞは余裕が出てからで良い」

「はい、お気遣いありがとうございます」

「さて、それじゃいくぞクロノス」

「名残惜しいが、あまり天上を不在にするわけにもいかんしのう。タダシ、身体に気をつけてのう」

「はい、お世話になりました！」

天へと上っていく二人の神を見送って、それじゃ初めての収穫をしてみるかとタダシは畑に歩いていくのだった。

8. 変わった子犬を拾う

異世界生活一週間。

二度目の収穫を終えて畑も大きく広がった。

ヒノキや椎の木の畑は、ちょっとした森みたいになっている。

畑の横に掘っ立て小屋を建てて、挽き臼や樽《たる》、貯蔵箱などの木工製品なども作り、当面の生活には困らなくなってきた。

「でも、一人はちょっと寂しいかもね」

こうして有用な物を探して魔木の森を歩いていても、ついつい独り言が多くなってしまう。

前から言っているが、別にタダシはサバイバル生活がしたいわけではないのだ。

話し相手になるような人か。

せめて家畜か、ペットになるような動物がいれば、寂しくないかもしれない。

「……といっても、この森は魔獣がいるんだっけ」

夜に奇妙な叫び声が聞こえることもある。

寂しいなんて贅沢な話かもしれない、おっかない魔獣に遭わないだけ幸運だとは言える。

タダシも用心して、あんまり森の方には入らないようにしている。

ヴギャァアアア！　ヴギャァアアア！

「怖！　またあの鳴き声か……」

凶暴そうな怪鳥の鳴き声が森の奥から響き渡った。

おそらく神様が言っていた魔獣ってやつだろう。とてもじゃないが、ああいうのは相手にしたくない。

キャウン！　キャウン！

すぐ引き返そうとしたのだが、その後で聞こえた鳴き声に足を止めた。

「犬の鳴き声？」

しかも、子犬の鳴き声だ。

少し迷って、タダシはそっと森の奥に行ってみることにした。

「うわ」

でっかい禿鷹《はげたか》みたいな魔獣が、真っ白い子犬を襲っている。

このままでは子犬が食われてしまう。

クソ、どうしたらいいんだ。

そうだ。タダシには、農業の加護がある。

「おい、これでも喰らえ！」

タダシは、手に持った魔鋼鉄の鍬《くわ》を思いっきり地面に叩きつけた。

ザクッザクッ、ザクザクザクザクグシャァアアア！

地中に衝撃波が走って、周りが耕される。威嚇《いかく》耕しだ。

正直、タダシもあんな巨大な魔獣と戦うのは怖い。

これで、びっくりして逃げてくれるといいのだが。

ヴギャァアアア！　ヴギャァアアア！

しかし、白い犬を襲っていた巨大な禿鷹は、空にバサバサ羽ばたいて、タダシをバカにしたように叫んでまた子犬を攻撃し始めた。

キャイン！　キャイン！

子犬は、怪鳥についばまれて痛そうに泣く。

「くそ、どうしたら……。そうだ飛んでる相手には土を掘り上げる。ディグアップショット！」

勇気を振り絞ったタダシの手に英雄の星が輝く。

タダシは鍬をフルスイングすると、地中の土をズシャ！　っと思いっきり掘り上げて、それをそのまま禿鷹に向かってショット！

青い衝撃波とともに放たれた硬い土の塊は、禿鷹に見事に直撃した。

「どりゃぁああ！　これ以上乱暴するなら、お前ごと耕すぞ！」

ヴギェエエエ！　ヴギャァアアア！

弾き飛ばされた禿鷹は苦しんでいるが、怒りの声を上げてこっちに向かってくる。

「まだやるか！　ディグアップショット！　ディグアップショット！　ディグアップショット！」

タダシは鍬を何度もフルスイング。

凄まじい量の土砂が衝撃波とともに降り注ぎ、ドスンと禿鷹は地面へと叩きつけられた！

ウギェェエエエエエ！

「どうだ！」

のたうち回った禿鷹は、起き上がると慌てて逃げ出していく。

あとには、傷ついた白い犬が残された。

「なんとかよかった。大丈夫だったか？」

「くぅん……」

よく見てみると本当に可愛い子犬だ。

ふわふわで真っ白の毛。

可哀想に。

あの禿鷹につつかれたせいで、胴体にかなり酷い怪我をしていて血で赤く染まっている。

「どうしたら、そうだ！　ちょっと待ってろよ」

「くるる」

こういう時、エリシア草を使って治療する方法を学んでいたのだ。

すり鉢でこねて傷口に塗るだけだが、包帯があればもっとよかった。

包帯作りは今後の課題として、薬を塗ったあとに葉っぱを貼り付けてツタを巻きなんとか応急処置をしてみる。

「よーし、大人しい。いい子だな」

「きゃう！」

傷に染みたのか、痛そうな顔をした。

「痛かったか。ごめんな」

「くるる……」

この子は賢いな。ちゃんと治療してるってわかっているようだ。

「お前どこから来たんだ。親はどこかにいるのか？」

「くるるる」

親がいたら、こんな場所で禿鷹に襲われているわけがないか。

家族とはぐれたのだろうか、それとも一人なのか。

よくよくみれば、酷く痩せている。

「ん、この骨が欲しいのか？」

「くるる！」

こんなんじゃ腹の足しにもならんだろうと思ったが、犬が骨を欲しがるのはわかるので与えてみると、バリバリっと食べてしまった。

「ちょっと、お前こんな硬いもの食べたらお腹壊すよ」

「くぅんくぅん」

もっとないのかと言っているのか。

こんなところに住んでるんだから、ただの犬じゃないのかもな。

骨でも食えるならと、俺はマジックバッグから茹でた椎の実を取り出した。

鍋で茹でただけだからあんまり美味しくはないだろうけど、腹が膨れそうなものはこれくらいしかない。

「美味しいか？」

「くぅん」

頭を擦り付けてくる。

可愛い。

「こんなところにいてもしょうがないから、一緒にいくか」

「くるる！」

子犬の頭を撫でてやると、もふもふで気持ちよかった。

田舎で犬を飼うのが夢だったから、ちょうどいいなと思う。

「そうだ、お前って名前はあるのか？」

「くるる……」

「なるほど。じゃあお前の名前はクルルな！」

「くるる！　くるる！」

嬉しそうにタダシの周りを駆け回るクルル。

「よーし。じゃあ帰るか」

「くるるるる」

こうしてタダシの生活に新しい家族が加わったのだった。

9. 異世界の海を見る

もはや、ちょっとした森というくらい畑も広がってきている。

まだ種類は少ないものの、食糧の備蓄もかなりできた。

調味料や野菜など、健全な生活を送るにはまだ足りない物がたくさんある。

そろそろ周辺地域を探索すべき時だろう。

目指すは海だ。

「これだけ食べ物があれば旅をしても大丈夫だろう。何があるかわからないから準備はしておかないと」

まず川に寄って水をマジックバッグにたっぷりと補給する。

「お前大きくなったな。大型犬だったのか？」

「ぐるるる」

川に顔を突っ込んでジャブジャブと水を飲んでいる。

こんなにすぐ大きくなるなんて、やはりクルルは特別な犬なのだろう。

異世界の犬だからな。

「今日から海に行くからな」

「くる？」

「向こうの海に行って塩を作るんだ。何日かかるかわからないけど、これ以上塩なし生活は厳しいから。わかるか？」

「くるる！」

なんだ、クルルが背中に乗れって言ってるような気がする。

「いや、いいよ。歩けるから、うわ！」

股から頭を突っ込んできて、ヒョイッと背中に乗せられてしまった。

「くるるる！」

「お前凄いな。俺を乗せて走れるのか！」

凄い勢いでクルルは風のように走る。

「くるる！」

「速い速い。うわー、もう海が見えてきた」

必死にクルルの背中にしがみついていたら、もう海が目の前だ。

海岸線まで到達するのに、徒歩で数日かかると思ってたのに。

「くるるる！」

「よーしよし。よく連れてきてくれたな」

疲れてるだろうから、マジックバッグから水樽を取り出して、木製のボウルに水を汲んでやる。

クルルはボウルに顔を突っ込んでガブガブ飲んで、煮た椎の実をバクバク食べる。

現在主食になっている椎の実は、クルル用のドッグフードみたいなものだ。

「ほんと海だな」

砂浜が広がっている。

なんか嘆きの川を最初に見た時のように水が黒く濁っているように見えたので、さっさと手を触れて浄化しておく。

「これでよしっと、しょっぱ！」

舐めてみると塩辛い。

日本の海と塩分濃度はほとんど変わらないようだ。

「そうすると、この世界は地球とほとんど変わらないってことなのかな。まあ、塩が作れたらなんでもいいか」

タダシは海水を汲んだ製塩土器を並べて、薪を焚べて煮込み塩を作る。

もっとも原始的な塩作りの方法だ。

「いずれは塩田なんかも作ってみたいけど、とにかく早く塩が欲しいからね」

「くぅん」

海でバッシャバッシャ遊んでると思ったら、クルルは何かを咥《くわ》えて持ってきた。

「うわ、これサザエじゃないか。よくやった！」

「くるる」

クルルは頭を擦り付けて、喉を鳴らして喜んでいる。

こっちに来いと言っているようなので付いて行ってみると、磯にサザエやアワビが取れるポイントを見つけた。

「うわ。これは凄い海の幸だ。よく教えてくれたな。こんなにたくさんあるなんて凄い！　誰も採る人いないからかな？」

暇があれば釣りでもしようかと思っていたが、こっちの方がずっといい。

タダシはズボンをたくし上げて、磯で収穫にかかる。

バシャバシャと海に入って戻ってくると、クルルがまた口に何か咥えてきた。

「うわ、これは凄いぞ伊勢海老だ！」

いや、伊勢じゃないから異世界海老とでも言うべきなのか。

異世界海老、異世海老？

いや、名前なんかどうでもいいか。

ともかく大きな海老をクルルがどんどん捕まえてくるので、タダシは浜でかまどを作って網を敷いて調理の準備にかかることにした。

「これは美味そうだな。アハハッ安心しろ、クルルが採ってきたんだから最初に食べさせてやるからな」

「くるる！」

サザエやアワビ、伊勢海老を網焼きにするとジュージュー音を立てて、めっちゃ美味そうに焼けてきた。

「お前は熱いの大丈夫なのか」

「くぅん！　くぅん！」

いいからさっさとくれとジャンプするので、皿によそって出してやることにした。

「おお、いい食いっぷり。どれ、俺も食べてみることにするかな。うわ、ぷりっぷりだ！」

採れたて海老にかじりついてみると、身がぎっしり詰まっていて美味すぎる。

もとからの魚介類の甘味に天然の塩味がついてるから、調味料なんかいらない。

「こっちのアワビも、美味えええええ！」

「くぅん！　くぅん！」

クルルはよっぽど美味いのか、尻尾ブンブン振りまくって喜んでる。

これまで食べてたのは、味の付いてない椎の実ばっかりだったもんな。

「おお。わかったわかった。ほら、ガンガン焼くから、どんどん食え！」

「くぅん！」

「サザエも美味い。先っぽはちょっと苦味があって、ああ、こういう味だったよなあ」

これまで足りなかった栄養素が身体に染み渡るような思いだ。

やっぱり人間には海の恵みが必要なのだろう。

「くるるる！」

「あーよしよし。どんどん焼くからな。喉が渇くから、ちゃんと水も飲んでおけよ」

ぷりっぷりの海老も、サザエも、アワビも、目の前の磯で採り放題なのだ。

もうもうと煙を上げて、浜で魚介パーティーを繰り広げるタダシとクルルは、一艘《そう》の船がゆっくりと浜に近づいてくることに気がついていなかった。

10. 異世界の住人に遭遇する

浜でタダシが魚介パーティーを繰り広げていると、クルルがジャブジャブと水を飲んでいる音が聞こえる。

喉も渇くよなあ、水も足してやらないと。

「くぅん」

「え？」

クルルが新しい海老をくれと頭を擦り付けている。

じゃあ、今水を飲んでるのは誰だと思って見下ろすと……。

クルル用のボウルに頭を突っ込んで、ジャブジャブ水を飲んでるクルルじゃない赤毛の何かがいる！

「うわ！」

「水っ！　水がもうない！」

一瞬頭を見下ろして犬かと思ったが、人間だった。

えっ、なんだこれ。

髪の毛はなんか犬っぽい毛むくじゃらで犬耳まで生えてるのに、身体の方は赤い水着を着た小柄な少女だ。

よくよく見ると、やはり犬ではなく人間の少女である。

年の頃は、せいぜい十五歳といったところだろうか。

お尻に申し訳程度に可愛らしい尻尾が生えてるから、異世界ファンタジーによくいるという獣人というやつか？

いやでも、異世界ファンタジーに水着っておかしくない？

「ええっと？　君、誰だよ」

「くぅんくぅん！　お水ぅ！　お水ぅ！」

初めて見た異世界の住人だ。

妙なことばかり気になるが、そもそもどこから来た。

しかし、獣人の少女は喉の渇きが切実のようなので、そっちの方が先決か。

とりあえずボウルに水を汲んで飲ませた。

あげてから気がついたけど、それ犬用の器なんだけどいいのかな。

「くぅん！　くぅん！　ご主人様、そっちの食べ物も、早く！　早く！」

「いいけど、クルルの真似やめてくれないかな」

なんか娘と言ってもおかしくないほど若い子にご主人様なんて言われると、妙な気分になる。

クルルも鳴き声を真似されて妙な顔してるぞ。

獣人の子は飼い犬の真似をすれば、餌をもらえると思っているらしい。

しょうがないのでタダシが海老を少し冷まして、獣人の子にあげようと思った時、沖に泊まっている船から声が上がった。

「そこの人間！　エリンから離れなさい！」

気がつくと数十人の水着の女の子に囲まれていた。

どうやらあの船から次々に降りてきたようだが、食事に夢中で気が付かなかった。

先頭で叫んでいるのは、銀髪の長い髪をした耳の長い女性だ。

年の頃はエリンと呼ばれる少女よりも年長で、十六か十七歳くらいか。

耳が長いのは、ファンタジーによくいるエルフという種族だろうなと予想はつく。

美しくスラリとした身体。

船から上がる時に濡れたのか、肩まで伸びた銀髪から水が滴っている。

水弾きの良さそうな白い肌は、潮風や陽の光を物ともせず艶やかで、おおよそ人間離れしている。

ただそれにしても肌が白すぎるというか、表情にかなりの疲れの色が見える。

頬がやつれていて、みんな一様に疲弊《ひへい》している様子だった。

まるで女神のような美貌《びぼう》なのだが、すでに本物の女神を見ているタダシはそれほど驚きもしない。

ただ、着ているのがビキニなのは凄く気になる。

なんで異世界ファンタジーで、エルフが青いビキニなんだよ。

おかげでふくよかな胸の膨らみが露わとなっており、タダシは眼のやり場に困る。

うーむ、困るのはこの状況もか。

本来なら第一村人発見とでも言いたいところだが、そんな安穏《あんのん》な雰囲気ではない。

なぜか知らないが、タダシは敵視されてしまっているようだ。

あ、これあれか。

高慢な種族であるエルフは、人間を蔑視《べっし》するってパターンかな。

ファンタジー世界のお約束なのかもしれないが、人種差別は嫌だなあ。

タダシはいざとなれば加護があるので、この人数に囲まれてもわりと余裕である。

しかし、エルフといえば森に住んでるイメージなんだけど。

海からエルフが現れるのはちょっと不思議だ。

「離れろと言われても、自分から近づいたわけじゃないんだけど」

このエリンって呼ばれていた獣人の少女が、勝手にタダシの魚介パーティーに飛び込んできたのだ。

「もぐもぐ……イセリナ。この人はいい人だよ」

思わず手を離してポロッと落とした海老を、エリンと呼ばれた赤毛の獣人の女の子はナイスキャッチしてバクバクっと食べてしまう。

「ご主人様、もっと食べていいよね」

「そりゃいいけど。そのご主人様っていうの止めてくれないかな」

なんかそのせいで余計、女の子達の目つきがキツくなってるように見えるんだが。

俺に女の子を飼う趣味はないよ。

タダシにあらぬ疑いをかけたエリンは、海老やアワビを素手で取ってパクパク食べている。

手が熱くないのかな。

「いけませんエリン！　その男は人間です。人間がいい人なわけがないでしょう。その食べ物には毒が入ってるかもしれません！」

それには、タダシが抗議する。

「いや、この海老はそこで採れたものだし、自分達も食べてるものに毒なんか入れるわけないいんだけど。いきなりご挨拶だな……」

このエリンという獣人の女の子はともかく、どうも囲んでいる水着の女の子達から敵意を感じる。

タダシとしては、人間だという理由で言われもなく嫌われているのは釈然としない。

みんな驚くほど美形の耳の長いエルフや、エリンと同じようなカラフルな髪色の犬型獣人達だ。

タダシを警戒しながら、イセリナと呼ばれている代表者らしき銀髪のエルフは尋ねる。

「ではお尋ねします。この辺りでは見慣れない人ですが、あなたはフロントライン公国人ですか？」

「えっ、何ライン？」

タダシの反応から違うようだと察して、イセリナは質問を変える。

「それでは、ここがどこかわかっているのですか？」

「えっとそうだな。神様が言うには、この辺りは辺獄《へんごく》って呼ばれてるところらしいんだけど、知ってる？」

タダシの言葉に、水着のエルフと獣人の女の子達がざわめき始めた。

「それは、本当なのですか？　ここが辺獄ですって！　辺獄の海域は、漆黒の猛毒で汚染されて近づけないはずなのですが」

考え込むイセリナは、「辺獄まで漂流してしまったのかしら。でも……」とつぶやいている。

「ああ、猛毒なら俺が浄化したからもうないよ」

その言葉にイセリナは顔をあげて、懐疑の表情を浮かべる。

「辺獄を浄化ですって？　ありえないことを言いますね。やはり怪しい人です」

ありえないと言われても、実際そうなのだからと肩をすくめるしかない。

「イセリナ達も食べ物をもらいなよ。この人、美味しい水も持ってるよ」

「エリン。のんきなことを言うんじゃありません！」

それは、タダシもそう思う。

勝手にタダシの魚介パーティーに潜り込んで、我が物顔に飲み食いしてるエリンはのんきすぎる。

別にそこで採った物を焼いただけだし、いいと言えばいいんだが、無防備すぎないか。

むしろ警戒している他の子達の方が、まともと言える。

「なんでさ。もう船には水も食べ物もないじゃん。媚びでもして、この人にもらわなきゃみんな死んじゃうよ！」

「それは……」

鋭い指摘に言いよどんで、イセリナはじっとタダシの方を見てくる。

「水と食べ物くらいあげてもいいけど。全部そこらで拾ったものだから」

「……いいえ、やはり人間は信じられません。だいたい、その魔獣はなんですか。何を企んでいるのです」

「ええ、魔獣ってクルルのことを言ってるのか？」

「くぅん？」

俺と同時に、可愛らしくクルルも鳴く。

おお、よーしよし。

こんなに真っ白くてもふもふで可愛いのに、魔獣とか失礼しちゃうよな。

「くぅんじゃないですよ。その獰猛《どうもう》そうな牙、竜の鱗《うろこ》をも切り裂きそうな爪。明らかに魔獣フェンリルじゃないですか！」

「お前、魔獣だったの？」

俺に身体を擦り寄せてくるクルルはバタバタと尻尾を振って、可愛らしく小首をかしげる。

「きゅい？」

「違うって、ただの犬だよ」

こんなつぶらで可愛い瞳をした犬が魔獣なわけがない。

「違いませんよ！　少なくとも犬じゃねえ！　フェンリルも犬の振りをやめろ！」

そう言われて見てみると、大型犬にしてもでっかくなってきたし爪とか牙とかちょっと迫力があるというか。

「もしかしたら、クルルは狼なのかもしれないな」

「くぅん」

そうかもしれないとクルルは頷く。

「違いますって！　狼がこんなにでかいわけないでしょ！　誰がどう見ても伝説の魔獣フェンリルですよ！　ゲホゲホッ……」

「イセリナ様！」

「お気を確かに！」

ここまで漂流してきたのでも、疲労困憊《こんぱい》だったのだ。

そこに血管がブチ切れてキャラ崩壊するほどツッコミした結果、イセリナはついに倒れてしまった。

11. イセリナ、目を覚ます

イセリナは美しい銀のまつ毛をパチクリさせて、眼を覚ます。

「う、ううん……」

「ああ、目を覚ましたか」

倒れたイセリナを介抱していたタダシが言う。

「人間！」

かけられていた毛布を手で引き寄せて、イセリナは震える。

「言っとくけど、何もしてないからね。ほら、みんなそこにいるでしょ」

のんきに魚介パーティーの真っ最中だ。

船でここまで漂流してきたエルフや獣人達は、ここが魚介類の宝庫だと知って喜んで食べているところである。

「……わかりました、信じましょう」

打ち解けた仲間の様子を見て一人で心配しているのがバカらしくなったのか、ため息を吐いてイセリナはまた倒れ込んだ。

「まだ動かないほうが良いよ。ほら、これを飲むと良い」

「なんですかこれは」

「エリシア草を浸したお水だよ。だいぶ疲れてるみたいだったから」

薬師が作るエリクサーには遠く及ばないが、こうすれば疲労回復効果もあると神様に教えてもらっていたのだ。

「エリシア草！　うう……」

びっくりしたイセリナは、またぐったりしてしまう。

やれやれ、この分では自分で飲むこともできないだろう。飲ませるしかないかと、タダシは木のスプーンを取った。

「ほら口を開けて。熱があるし、やたら興奮してるのもおそらく脱水症状でしょ」

「……コクン」

抱きかかえて少しずつエリシア草を浸した水を飲ませると、逆らわずに飲んでくれる。

実はイセリナは、癒やしの神の加護☆☆☆《スリースター》を持っている薬師でもあり、薬草にも詳しいのでそのエリシア草が偽物ではないとわかっていたのだ。

人を信じてはいけないと思いながらも、高価なエリシア草を見ず知らずの相手に与えるのだから、そんなに悪い人ではないのだろうと思ってしまった。

「何よりも、まず体力を回復させることが先決だ」

「そうですね。こうしてはいられません。あとは自分で飲めます。ありがとうございます」

イセリナは、力を振り絞るとエリシア草を浸した水の器を受け取って一息に飲み干した。

「よかった。まずは元気をつけないとな。エリシア草ならいくらでもあるから、もっとたくさん飲んでくれ」

「エリシア草がたくさん！　そんな希少なものがどこにあったんです！」

「あ、ダメだよ暴れちゃ」

「すみません」

イセリナは恥ずかしそうに頬を赤く染めるが、恥ずかしいのはタダシも同じだ。

抱きかかえてるから、暴れるとタダシの腕にぽよんぽよんとイセリナのたわわな胸が当たってしまうのだ。

介抱してるんだから意識しちゃいけないと思いながらも、毛布の下はビキニなのでどうも気になってしまう。

本当に、どうしてビキニなのか。

そんな高度な技術を要求されるはずの水着を着ているかと思えば、漂流船に乗っていたエルフと獣人達は本気で飢えていたらしく、みんな食べるのに必死になっている。

上等な衣服には困ってないのに、食糧には困っている？

ファンタジー世界なんだからしょうがないんだけど、タダシからするとどうもチグハグな世界だ。

みんなが食べてる間、タダシがイセリナを見ていることになったのだが、船に毛布があってそれを使えただけでも御の字というものか。

「事情は聞いたよ。故郷の島から漁に出て漂流してしまったんだってね」

「はい。もう島の周りで魚が採れなくなってきてしまいまして……えっ、草が生えてる？」

自分が寝そべっている床が、砂浜ではなく柔らかい草原であることに気がついてイセリナはまた驚く。

「ああ、俺が生やしたんだよ。砂浜に寝そべってるより牧草でも生えてた方がいいと思って」

「生やした？」

イセリナは、キョトンとしている。

先程の発言はだいたいが虚言だろうと思いこんでいたのだが、砂浜の一部分だけを牧草地に変えるという魔法のような現象を見せられては否定できない。

いや、初歩ではあるが癒やしの魔法が使えるイセリナだからこそわかる。

魔法ですら、このような奇跡はなしえない。

伝説の魔獣フェンリルをまるで愛玩犬のように従えていることからもわかるように、この人間が只者《ただもの》ではないことは確かだろう。

イセリナが気になっているのは、タダシの手の甲にある加護の☆だ。

なんと、九つも☆がついている。

そもそも加護は☆☆☆☆☆《ファイブスター》までしか存在しないと言い伝えられているので、この男は詐欺師だろうとイセリナは判断していたのだ。

もっとも星が九つなんて子供でも騙されないが……。

ハッタリで星の数を増やしているにしても、もしかしたら高位の加護を受けた人間の可能性もある。

このアヴェスター世界では、能力や地位の高い人間ほどまともじゃないということもよくあることだ。

ともかく、この人間を怒らせるのは得策ではないとイセリナは判断した。

「先程は、助けていただいたのにあんな態度を取ってしまって申し訳ありませんでした」

「いや事情は承知しているよ。お互い不幸な行き違いがあったようだから」

「私は海エルフの族長であり、カンバル諸島の代表をしております、イセリナ・アリアドネと申します」

「それは聞いた。貴女は、そのカンバル諸島の女王様なんだってね」

「女王？　いえ、それはもうだいぶ昔の話です。今の私は、滅びかけの海エルフ族の族長に過ぎません」

タダシの言葉に、うつむいたイセリナは辛そうに秀麗な眉を顰《ひそ》める。

「そうだ。俺も自己紹介がまだだったな、俺は大野タダシだ」

「貴方は、王様なのですか！」

それぐらいの人物であってもおかしくないとは思っていたので、イセリナは平伏する。

「え、いや。王じゃないよ。大野」

「いやしかし、先程王のタダシ様と」

いやいやと、手を振る。

「大野は苗字《みょうじ》だよ」

「そ、そうですか。しかし家名をお持ちということは、貴方様は、名のある騎士か、勇者か、賢者様なのでしょうか」

「いや、俺はただの農家だよ」

「……農家？」

どうも話がさっきからずっと食い違っている。

見るに見かねたのか、もぐもぐと海老を食べていた獣人のエリンがくる。

「イセリナ。ご主人様は凄いんだよ。農業の加護☆☆☆☆☆☆☆《セブンスター》を持ってて、なんでもいっぱい生やせるんだよ」

エリンが、手を広げて言う。

そんな夢みたいな話を真に受けるなんて、本当にどうかしているとイセリナは思う。

海エルフ族の族長であり島民のリーダーである元女王のイセリナは癒やしの加護☆☆☆《スリースター》、島獣人族の族長であり勇者であるエリンは英雄の加護☆☆☆《スリースター》を持っているが、尊い血族の彼女らはそれだけで衆に抜きん出た特別な存在なのだ。
☆☆☆☆☆《ファイブスター》の加護でも国を揺るがすレベルの英雄だというのに、☆☆☆☆☆☆☆《セブンスター》の加護なんてものがあれば、それはなんだ？　神の使いか？　半神か？
そんな人間がいたら、文字通り世界がひっくり返る。

こう見えてもイセリナは、かつてカンバル諸島を治めていた女王なので、それなりに世間を知っている。

農業の加護の持ち主にも会ったことはあるが、☆が二つ以上の人は見たことがない。

「はぁ、全く雲を掴むような話ですね。それで皆、何を悠長に御飯を食べてるのです」

みんな警戒すべき人間の男とすぐに仲良くなってしまって、食事まで一緒にしている。

なんだか、イセリナだけ取り残されているようで釈然としない。

「だって食べなきゃ力がつかないよ。ほら、イセリナもご主人様のご馳走になりなよ」

しかし、イセリナもバカではないので、エリンの提案は合理的に考えて正しいことを認識している。

「……そうですね。いただきます。覚悟を決めて」

大げさだなあとタダシは笑う。

「毒は入ってないだろう？」

「ここまでくれば毒を食らわば皿まで、ですよ。今は、皆の足手まといにならないように体力を回復させるのが急務でしょう」

「毒を食らわば皿までか……」

タダシは少し驚く。

その日本のことわざは、この異世界アヴェスターでも言うのか。

神様達の話だとこれまで転生者が二千人以上いたって話だから、ことわざを伝えた日本人が過去にいてもおかしくないかとタダシは思う。

エリン達は割と手づかみなのだが、イセリナは添えてある木製のフォークやスプーンを使って丁寧に食事をする。

そのたたずまいには、上品な育ちの良さを感じさせる。

もぐもぐと静かに食事を終えると、イセリナは覚悟を決めた表情でもう一度タダシの前に平伏して言う。

「タダシ様。私を奴隷にしてください」

「ええ……」

急すぎる話の展開についていけず、タダシは呆然としてしまう。

12. 困ってるエルフと獣人達に食糧をあげる

イセリナを奴隷にしろってどういうことだ？

完全に平服しているイセリナに、タダシは呆然と立ち尽くすが、ハッとなって周りを見回す。

「いや違うよ。違うって！　俺に女の子を奴隷にする趣味はないからね！」

タダシは、慌てて違う違うと手を振る。

あらぬ誤解を受けて、周りの女の子からジトッと見られてたまらない。

タダシの言葉に、イセリナは驚いて顔を上げる。

「え、人族の男ってみんなエルフや獣人を奴隷にしたい鬼畜生じゃないのですか？」

「そんなわけないでしょ！」

「タダシ様も善人そうに恩に着せておいて、あわよくば私達を奴隷化しようと企んでいる卑劣漢ではなかったのですか？」

「なんなんだよ、その地獄のような勘違いは！」

いくらなんでも疑い深すぎる。

「誰かが犠牲にならなければならないなら、せめて私だけで勘弁してもらおうと申し上げるつもりでした。今の私にできることは、もうそれくらいなので……」

「いやいや、なんで飯を食わせた程度でそうなるんだよ」

獣人のエリンも、割り込んで言う。

「えー、イセリナはダメだよ。イセリナはボク達の代表で、エルフの女王でしょ。ご主人様の奴隷にはボクがなるよ」

「なりません！　獣人の勇者である貴女は、私達の最後の希望なのですから！」

エリンまでそんなことを思っていたのか。

タダシは慌てて言う。

「ちょっと待ってくれ。奴隷なんてほんとにいらないから。だいたい俺、ここに一人で住んでるからね！」

奴隷なんていても邪魔なだけだろう。

「本当なのですか？」

「じゃあ、なんで私達をご主人様は助けてくれるの？」

そんなに不思議そうに言われても困る。

「そんなの、困ってたら誰でも助けるよ。この世界の人間はそうじゃないのか」

イセリナもエリンも、ブルブルと首を横に振る。

全く、この世界の人間ってどうなってんだよ！

さっきからずっと話が食い違っているので、代表者であるイセリナに話を詳しく聞いてみると、とんでもないことがわかった。

イセリナ達が住んでいるカンバル諸島のエルフや獣人達は、東の海から攻めてきた人族の軍事国家フロントライン公国に侵略され支配されているそうなのだ。

「公国に支配される以前は、北の海から攻めてきた魔族から何度も略奪されて仲間が食べられてました」

「悲惨すぎる」

カンバル諸島にあったイセリナの国は、魔族と人族の両方の国から攻められてボロボロになっていったそうだ。

海エルフ族や島獣人は争いから逃れて辺境の島に流れ着いた弱い種族で、戦闘に不向きな者が多い。

イセリナの仲間に若い女性しかいないのも、年長者は真っ先に戦いに出て死んだからだそうだ。

聞けば聞くほど、話が重すぎる。

「魔族の国、アンブロサム魔王国は私達の存在をモンスターの食べ物くらいにしか思ってません。それに比べれば人間はまだマシなんですが、かけられた税が重すぎて……」

エリンが怒りを露わにしながら言う。

「公国の兵士達は七つの倉がいっぱいになるまで食べ物を納めなきゃ、奴隷にするって脅してくるんだよ。ボクはあんな奴らの奴隷になるのは嫌だよ！」

「私達エルフは、仲間を大事にします。仲間の奴隷化を阻止するために、沖に出て必死に食糧を集めていたのです」

それでイセリナ達の船には採った魚があったのに、食べずに飢えていたのか。

そりゃ、人間の評判最悪になるわ！

なんて酷い連中なんだ。なんかもうムカムカと心の底から怒りがこみ上げてきた。

「よし決めた！　食糧があればいいんだな！」

タダシはマジックバッグを裏返すと、ドサドサドサドサと椎の実とハタケシメジを山と出す。

「こ、これは」

「イセリナさん。椎の実でもキノコでも、食べられる物ならば何でもいいのか？」

そう言う間も、まだドサドサとマジックバッグから溢れ出す椎の実の洪水は続いている。

「は、はい。私達や人間も、椎の実やキノコは食べますから。しかし、こんなに⁉　そのバッグはなんですか⁉」

イセリナは、またツッコミが追いつかず目を白黒させる。

「ならばよし！　これを持っていけば仲間も助かるんだろう。必要ならもっとたくさん作ってくるぞ」

万が一を考えて、食糧を大量に持ってきてよかった。

「ご主人様ありがとう！　これで仲間が助かるよ！」

「いや、ご主人様はやめてくれ、エリン」

さっきの話を聞いてると洒落にならない。

「じゃあなんて呼べばいいの？　王様？　救世主？」

「タダシでいい。俺は、ただの農家だ」

「それじゃあ、農業王タダシ様！」

「エリン、お前さっきからからかってるだろ？」

エリンは、そんなことないよと無邪気に笑った。

「あ、あの……」

イセリナがおずおずと尋ねてくる。

「なんだい？」

「先程、タダシ様はエリシア草を出されました。もしかしたら、たくさんお持ちなのですか」

「ああ、それも売るほどあるよ。そうか、こっちのほうがお金になったりする？」

裏返したマジックバッグから、エリシア草もドサドサと出す。

「エリシア草がこんなに……実は島の仲間には怪我人も多いのです。お恥ずかしい話なのですが、少し分けていただけないかと思いまして」

「全部持っていけばいいよ。俺は農家だから、こんなもの畑に帰ればいくらでも作れる。タダみたいなもんだ」

「エリシア草を作る⁉　そんな話は聞いたことがないんですが」

「言っただろ。俺は農家だ。作れる」

「いや、作れるって⁉　エリシア草は育てるのが大変難しい希少な植物なのですよ！」

癒やしの加護を持つイセリナだからこそ、その希少さは痛いほどよくわかっている。

ただの農家がおいそれと育てられる薬草ではないのだ。

世界の常識にこだわるイセリナの肩を叩いて、エリンが言う。

「いいじゃん、イセリナ。農業王のタダシ様にはそれができるんだよ。農業の加護☆☆☆☆☆☆☆《セブンスター》を持ってるんだから」

頭痛がしたのか、額をほっそりとした指で押さえるイセリナはしばらく考え込んでから言った。

「そ、そうですねエリン。目の前の現実は認めなきゃ……タダシ様にとっては、エリシア草はそんなに希少な物ではないという理解でよろしいですか？」

「そうだよ。必要ならあるだけ持って行っていい」

「申し遅れましたが、私も、癒やしの加護☆☆☆《スリースター》を持つ薬師です。エリシア草を使って、最高位の治療薬であるエリクサーを生産することができます」

「おお、それは凄い。それは俺にはできないことだよ」

タダシに褒められると、イセリナは頬を少しほころばせた。

「はい！　では、さっそく作ってお見せしますね」

イセリナはゴリゴリとエリシア草をすり潰して、薬缶《やかん》で煎じ始める。

抽出したエリシア草の薬効成分を、透明なガラス瓶に入れて最後にイセリナが恭《うやうや》しく祈りを捧げる。

「癒やしの女神エリシア様。人を癒やす力をお与えください」

ガラス瓶の中の液体が光り輝き、あざやかな緑色のエリクサーが完成した。

「これが万能薬エリクサーです。お助けいただけるお礼となるものは何もありませんが、癒やしの加護☆☆☆《スリースター》を持つ薬師である私が、生涯タダシ様のためにエリクサーを作り続けましょう」

毛布をマントのように羽織ったエルフの元女王イセリナは、タダシにさっとエリクサーの小瓶を差し出すと、ふくよかな胸に手を当てて優雅に頭を下げた。

「おおーなんと見事なガラス瓶だ」

「えー、そっちですか！　私の一世一代の見せ場だったのですが……」

タダシの意外な反応に、イセリナはずっこけそうになる。

かなり覚悟して生涯の忠誠を誓ったつもりなのに。タダシにはずっと拍子抜けさせられている。

「いや、ごめん。エリクサーも凄いけど、こんなに美しいガラス瓶が作れるのが凄いなと思って」

「ああ、ガラス瓶なら砂があれば作れます。アーシャ！」

イセリナが、一人のエルフを呼ぶ。

「はい。イセリナ様」

「アーシャは鍛冶の加護 ☆《ワンスター》を持つガラス職人です。砂からガラス器を作る技術を持っています」

ガラス職人だからというわけでもないだろうが、大人しそうな印象のアーシャはメガネをかけていた。

レンズを作る技術も有しているというわけか。

「それはぜひ、教えを請いたい」

急に恩人であるタダシにそう頭を下げられても、アーシャも困ってしまう。

「え、私ですか」

泣きそうな顔になったアーシャは、エリンとイセリナをキョロキョロと見回して、諦めたように肩を落とす。

「じゃあ、私がタダシ様の恩義に報いるために奴隷に……」

「いやいや……いい加減その奴隷って発想から離れてよ。この美しいガラス瓶を俺にも作れるように教えて欲しいって言ってるだけだから、お礼なら技術を教えてくれるだけで十分だよ」

フロントライン公国とかいう酷い国のせいで、話がややっこしくなって困る。

「あのタダシ様、アーシャは確かにガラス器を作る高度な技術を持っています。製法は本来エルフの秘密なのですが、大恩あるタダシ様にならお教えしても構いません」

「それは助かるよ」

こんな綺麗なガラス瓶が作れるようになったら凄く楽しいなと、タダシはワクワクする。

「ですが、ここには材料となる砂はあっても、燃料も、炉も、道具すらありません」

見渡す限りの砂浜で、燃料になりそうなものは何もない。

「心配しなくても燃料はたくさんあるよ。炉も道具も、どのような形の物が必要なのか言ってくれればすぐに造るから」

「すぐ造る、ですか⁉」

タダシがマジックバッグからドサドサと、木材や魔木、魔鉱石や魔鋼鉄などを取り出すので、イセリナ達は全員あっけに取られるのだった。

13. ガラス作りを学ぶ

エルフのガラス職人アーシャの説明通りガラス炉を組み立てていくタダシに、最初は無理だろうと見ていたイセリナ達も騒然となる。

イセリナは、慌ててアーシャに聞く。

「あの、レンガがすぐできていくのはなんなのですか？」

ガラス炉に使うレンガを乾かしてから焼くのにも、だいぶ時間がかかるはずだ。

それがあっという間にできていくのが信じられない。

「鍛冶の加護で製造が速くなるということはあります。どうやら、タダシ様は鍛冶の加護もお持ちのようでして」

アーシャの言うことに、イセリナはまた驚かされる。

「複数の神の加護を持つことなんてありえませんよ！」

しかし、そうは言っても現にできているのだ。

「うーん、専門家のアーシャがそう言ってるのですから。でもまさか、そんなことって……」

目の前で、イセリナの常識がガラガラと音を立てて崩壊していく。

イセリナが悩んでいる間にも、タダシのガラス炉作りは続く。

「アーシャ先生。吹きガラスのパイプってどれぐらいの細さで作ったらいいのかな？」

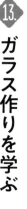

「は、はい。そこはですね……」

先生はやめてくださいと恥ずかしそうに言いながら、アーシャは丁寧に教えてくれる。

アーシャの指示通りにやっていたら、鍛冶仕事用の炉もレンガを作る焼成窯もつくるハメになってしまった。

各地にあった方が便利なので無駄ではないだろうけど。

タダシがカンカンハンマーで叩いて、器用にパイプを作り上げてしまうことにアーシャは驚く。

「物凄い鍛冶の腕前ですね」

アーシャに褒められて、タダシも嬉しそうに言う。

「最初に教えてくれた師匠が良かったからだろうね」

バルカン様達は、元気にしているだろうか。

塩も手に入ったことだし、生活に余裕ができたら海の幸もお供えして献上することにしよう。

「ここの砂にもよるんですが、海草や貝殻の灰を混ぜた方がいいと思います」

アーシャの言葉に頷き、タダシは新しい作業に入る。

「なるほど、貝殻はある。じゃあ海草も育ててみようか」

イセリナ達の漁船に行って、彼女らが食べているという海草をもらうことにした。

「ん、これ昆布にワカメじゃないか？」

「そうですよ。ご存知なのですか」

「そうか、異世界の海にも昆布やワカメがあるんだな。それにしても立派な昆布だ、出汁《だし》を取るのに良さそう」

「ええ、タダシ様は人間なのに昆布を食べるのですか？」

イセリナが驚いているので尋ねると、島に来た人間は絶対に食べないそうだ。

「それって海エルフじゃないからというより、沿岸部に住んでない人達は、海藻を食べ物だと思わないいんじゃないいかな」

「その理屈はよくわかります。そうであれば、タダシ様も海の民なのですね……」

心なしか、タダシを見るイセリナの碧《あお》い瞳が優しくなったような気がする。

「海の民か。まあ、日本人もそうなのかもしれない。えっと、この種は？」

船の中をくまなく調べて、タダシはいくつか種を発見していた。

農業の神クロノス様の教え通り、気が付かないうちに種は飛んでいるものだ。

「これは、海木綿《うみもめん》と海ゴムの木の種です」

「海木綿、スポンジをつくる海綿《かいめん》ではなく？」

「海綿もあります。私達の着ている水着は、この海木綿と海ゴムをあわせて縫製《ほうせい》しているのです。海ゴムは、このようにとても便利な素材なのです」

説明ついでにイセリナが水着の紐をパチンと鳴らして見せるので、タダシは顔を背ける。

漁村でおおらかな暮らしをしているせいか、元女王であるというイセリナですら、そういうのを恥ずかしいと思わないようだ。

しかし、さすが異世界ファンタジー。

日本にあったら産業革命が起こりそうな植物もあるんだな。

「ではそれも育ててみよう。俺も今の服や下着がヘタっちゃったら困るなと思ってたんだ。収穫の仕方とか、縫製の仕方も教えてくれると助かるよ」

「もちろんそうさせていただきます。ですが、残念なことに海木綿は最低でも一年、海ゴムの木は数年育てるのにかかるんです。今すぐというわけには……」

申し訳なさそうに言うイセリナに、タダシは笑いかける。

「まあ、ちょっと見ててよ」

確か昆布やワカメは胞子で増えるんだったが、タダシは現物さえあれば植え付けはできると確信していた。

海の浅瀬に入って、丁重に胞子や種を植え付けする。

農業の加護☆☆☆☆☆☆☆《セブンスター》を持つタダシが植えると、全ての植物は三日で育つ。

育てるのに数年かかるという海ゴムの木が、ニョキッと水面より新芽が顔を出した。

「え、これは一体……」

驚くイセリナを尻目に、タダシは貝殻をすり鉢でゴリゴリと粉にする。

「貝殻の粉なら肥料になるんじゃないか？」

「ご慧眼《けいがん》です。海の民は、土壌を豊かにするために肥料として撒いたりいたします」

「ならば、これでいいはずだ」

貝殻の粉を撒いたことで、更に勢いよく昆布やワカメがモジャっと増え始め、海木綿も海面より新芽が頭を出して海ゴムの木はニョキリと成長した。

「……信じられない。これは何の奇跡ですか！」

「これが、農業の加護☆☆☆☆☆☆☆《セブンスター》の力だ。そのままなら三日、肥料を撒けば二日で育ってくれる」

どのように収穫するかもわからないが、これでこちらの海でも海草を増やしてガラス作りに使う植物灰も作れる。

しばらくすれば、この海岸で糸や布地を増やしていけるだろう。

「タダシ様……」

イセリナは呆然と、エリン達は惚れ惚れとした顔でタダシの農業を見ていた。

「イセリナさん。先程、食糧の礼がしたいと言っていたね」

「はい。私達にできることでしたら、なんなりとおっしゃってください」

いよいよかと、イセリナはタダシがどのような要望をしても、それに応じる覚悟で言った。

今この世界に一番求められているのは、仲間を救う癒やしの薬師でも、猛々しき獣人の勇者でもない。

飢えた人々に食べる物を与える農業の加護なのだ。

それを持つ世界一の農家タダシこそが、この世界を救う希望なのだと、ようやくイセリナも理解した。

「俺は、見ての通り農家だ」

「ただの農家とは到底思えませんが、タダシ様の奇跡は私もこの目で見て納得しました」

「俺はまだこの世界のことを知らない。だから取引といこう」

「取引ですか？」

貿易というのも悪くないとタダシは、楽しそうに笑う。

「農家の俺が欲しいのは、新しい植物の種と知識だ。俺がここで食糧やエリシア草を提供する代わりに、イセリナさん達は役に立ちそうな物をかき集めて持ってきて欲しい」

「そんなことでよろしいのですか。タダシ様が与えてくださった救いに対して、あまりに小さなものですが……」

「小さいどころか、現に今ガラス作りについてアーシャ先生に教えてもらってるところだ。大変助かっている」

タダシがそう言うと、ガラス職人のアーシャは「先生はやめてください……」と顔を真っ赤にしながら恥ずかしそうにうつむいて手をソワソワさせた。

島の代表としてイセリナは言う。

「わかりました。私達は明朝いただいた食糧やエリクサーを持って故郷の島に帰るつもりですが、タダシ様の要望に従って必ずやそれを果たすとお約束します！」

イセリナがそう言うと、暮れていく空を見上げてタダシは叫んだ。

「明朝？　ああそうだ。しまった！」

「え、タダシ様、なにかこちらに落ち度がありましたでしょうか⁉」

「もう日が暮れ始めている」

「……え、はい。そのようですが、それがなにか？」

タダシの悪い癖だ。

ガラス作りに夢中になってしまって、今晩のことをまったく考えてなかった。

「先に君達が今日過ごす家を建てておくべきだった。考えが至らなかった」

ガラス炉をつくるのにだいぶ資材を使ってしまったので、ここにいる十数人のエルフや獣人達が眠れるような家を建てることは不可能だ。

このままでは、せっかくの向こうの海からの客を野宿させることになってしまう。

「それでしたら、大丈夫です。エリン、お願いします！」

「任せてー！」

小柄なのに力持ちの獣人エリンは、なにやら布と竹のようなものの束を持ち出した。

バサッと開くと、一瞬にしてテントが広がる。

「なるほど伸縮性の布があるから、簡易テントも作れるわけか。これは全く凄いな」

ファンタジー世界にも、その世界なりの文明があるのだと驚かされる。

やはり、タダシが彼女らから学べる事は多い。

「夜の海に出るのは危険ですから、このようにして一晩休んでから島に戻ります」

「そうか。テントも助かった。それでは、俺も安心してガラス作りに戻れるな。アーシャ先生、もう少し続きを教えてくれないか」

「は、はい！　あっ、あのでも先生呼びはもう本当に……」

今日の宿があると安心した途端、またガラス職人のアーシャを伴って、すぐにガラス作りの作業に戻るタダシの熱心さにイセリナ達は苦笑するのだった。

14. 寝る

そろそろ夜も更けてきたので、イセリナはタダシに声をかける。

「タダシ様。そろそろお休みになられてはいかがですか」

「俺は平気だけど……ああそうか、ごめん。アーシャ先生も働き詰めだったね」

普段は大人しいガラス職人のアーシャは、いつになく強い口調で言う。

「あ、いえ！　私は楽しいです。ちょっとお教えしたら、タダシ様が全部上手になさいますし！」

「うん。アーシャ先生のおかげで助かったよ。ガラス炉は完成したから、ここらへんで区切りとしよう」

「大丈夫ですよ。力仕事には慣れてますから、こう見えても意外に丈夫なんです」

そう言って力こぶを見せてくる。

力自慢のエルフというのもなんか面白いけど、言うほどにはあんまり頼もしそうには見えないからタダシは苦笑してしまう。

「気持ちは嬉しいけど、あんまり力みすぎても続かないからここまでにしておこう」

「はい！　あの、いつでも言ってください。なんでも教えますので！」

引っ込み思案なのに、仕事のことになるとやけにハキハキするのは職人らしい。

アーシャは喜んで教えてくれているが、エルフの体力がどのようなものかもわからないのに無理させるのもよくないだろうとタダシは考えた。

農業の加護のおかげで、タダシは異常な体力を誇るようになっている。

相手が神様ならともかく、いかにも線が細くか弱そうなエルフであるアーシャを二晩ぶっ続けで付き合わせるわけにもいかないだろう。

海草が育つにもまだ少し時間がかかるし、木材も補充に戻らないといけないかと考えるとここで休憩を挟んでおくとちょうどいい。

「くるる……」

終わったのかという感じに、クルルがやってきた。

「お前も今日は海老獲りに大活躍だったな」

「くるるる！」

クルルの身体が海水まみれで塩を吹いてしまっているので、俺は入念に水をかけて焚き火で乾かしてから、合間の時間で木切れで作ったクシを入れて毛を梳《す》いてやる。

「アハハッ、ふわっふわになったなクルル。さてと、俺も水浴びするからしばらく邪魔しないでくれよ」

イセリナによると、クルルはフェンリルという伝説の魔獣らしい。

あの森にいた動物なので、そんなこともあるだろう。

図体は大きくなっても、ふわふわモコモコの柔らかい白毛は変わらない。

俺もバケツに水を汲んでさっと身体を流すのだが、視界の端に同じく水浴びしている裸体のエルフや獣人の女の子が見えて、慌ててクルルの陰に隠れる。

異世界ファンタジー世界はおおらかというか、あまり気にしないんだな。

文化の違いでタダシはとても気になるので、脱衣所を早急に作るべきだったたと思う。

実際に他人と一緒に生活してみると、いろいろ至らぬ点も出てくるものだ。

それでも、イセリナ達と出会ったことで初めてこの世界の文明の端緒《たんしょ》に触れられたのはよかった。

たとえばタダシが使っているタオルも、身体を洗う水バケツの代わりにイセリナからもらったものだ。

衣類をどうするかという問題があったのだが、イセリナ達のおかげで一気に解決しそうだ。

イセリナ達は恩を受けたというのだが、タダシとしても得る物はたくさんあった。

それに何より、人が近くにいてくれるのは寂しくなくていい。

「タダシ様。天幕においでください」

「いや、俺はクルルと野宿でいいよ。見たところ、テントの数もギリギリみたいだし、俺はここで火の番でもしているさ」

クルルの毛は柔らかいので、一緒に寝れば天然の羽毛布団になるのだ。

「私の天幕なら、空いてますから」

そう言って、イセリナに腕を引っ張られる。

「いや、マズイでしょ」

男女で同衾《どうきん》とか冗談じゃない。

「何がマズイんですか」

「それは……」

身体を水で洗い流したイセリナはさすがに水着姿ではなく、ゆったりしたワンピースのネグリジェを着ていたのだが、それも十分艶かしいというか。

それを言うのもなんだか恥ずかしい気がする。

「私達が天幕で寝て、タダシ様を野宿なんてさせられませんよ！」

他の女の子達にもそう言われて、タダシはテントに引きずり込まれる。

イセリナのテントは、一際大きい作りになっていた。

「あーご主人様も来たんだ」

「その呼び方は誤解を招くからやめろって言っただろ、エリン」

イセリナのテントは、イセリナとエリンが寝る用らしい。

スペースにかなり余裕があるのは、二人とも族長であり特別な存在だからということなのだろう。

確かに、タダシ一人くらいなら十分入れる。

「しょうがないな。じゃあ、俺は端っこで寝るから」

「ご主人、じゃなかった、タダシ様は真ん中で寝なよ」

「いや、それだと絶対寝れないから」

「えーなんで寝れないの。一緒に寝ればいいじゃん」

ゴロゴロしているエリンは、端っこにうずくまってくるタダシに絡んでくる。

テントの布は、エリン達の衣服と同じ耐水性のあるもので丈夫だ。

ただ、床がないので改良の余地はあるな。

床は、タダシが牧草を生やした上に毛布を敷いてあるので寝心地は問題ないが、日本のアウトドア用のテントみたいに床も布が敷けるタイプに改良したらもっと良くなるのではないか。

そんな事を考えて気をそらしていたのだが、やっぱり悶々として眠れない。

テントの中は、女の子特有の甘ったるい匂いが漂ってるし、エリンがすり寄ってくるので眠れるわけがない。

「あー、やっぱ俺は外で寝るわ。クルルも心配だし！」

「えーなんで」

その時だった。

「くるるる！」

ズボッとテントの入口からクルルが顔を突っ込んでくる。

「なんですかこのフェンリル！」

「うわー！」

クルルが突っ込んできたおかげで、俺の隣でゴロゴロしていたエリンは、イセリナの方に吹き飛ばされる。

「よーしよし。偉いなクルル、俺の窮状を察して来てくれたのか」

「くるるる！」

クルルが、隣に来てくれたおかげで、タダシはようやくテントで安眠できるのだった。

15. 船出を見送る

クルルの作ってくれた壁のおかげで、昨日はなんとか寝れた。

テントから外に出て昇る朝日を見て、ここにもちゃんとした家を作ろうと思うタダシである。

「ごしゅ……タダシ様、おはよう」

「おう、エリンも早いじゃないか」

「タダシ様はほんとによかったの？　チャンスだったと思うんだけどなー」

「何がだよ」

「もう、タダシ様だってわかってるくせに。ほら、中を見てよ」

いたずらっぽい口調でエリンがテントの入口をペロンとめくって見せるので、タダシは仕方なく覗き込んで見る。

すると、イセリナが物凄い勢いで寝乱れていた。

「うう～ん」と甘ったるい声を出して、毛布を抱きしめている。

上品な印象の割に、かなり寝相が悪い。

「イセリナは、意外と夜は乱れるタイプなんだよねえー。ボクも昨日は大変だったよ。だからタダシ様に真ん中に寝てって言ったんだよ」

「お前、俺を犠牲にするつもりだったのか」

「えへへ。でもタダシ様的には美味しくない？」

エリンが妙なことを言い出しそうなので、タダシは話を打ち切る。

「大人をからかうな」

「えー、タダシ様だって若いじゃん」

「いや、俺は見た目は若くなったけど中身は四十過ぎたおっさんだからな」

「え、どう見ても二十歳以上には見えないんだけど。タダシ様もエルフだったりするの？」

そう言うからには、エルフは長寿の種族なのか。

そうすると、イセリナも見た目通りの年齢とは限らないのかなと思うが、あんまり見ているのも目に毒なのでテントの入口を閉める。

「俺はただの人間だが、転生ボーナスで神様に若返らせてもらったんだよ」

「ええ、それどういうこと？」

どうも、納得行く説明ができそうにない。

「ところでエリン、このテントの竹と布はどうやって貼り付けてるんだ」

ごまかすために聞いたのだが、気になってはいた。

「あーそれは、なんだっけ、膠《にかわ》？　ボクは手仕事とかしないからよく知らないけど」

「なるほど」

そこにアーシャもやってきた。

「おはようございます。テントの作り方ですか？」

「ああ、どうやって作ってるのかなと思って」

膠は、動物の骨、皮、腱《けん》などから抽出した天然の接着剤だ。

テントがビヨンと伸びるのは、海ゴムの木の伸縮性もあるが、木材と竹を組みわせている合成素材だかららしい。

金属加工については鍛冶の神バルカン様からかなり勉強したものの、こういう植物性の素材についての扱いはエルフ達に学ぶところが多い。

熱心にアーシャに聞き取りをしているタダシに、エリンが呆れたように言う。

「タダシ様はほんとモノ作りが好きだねえ」

「ずっとやりたかったことだからな。エリンは何が好きなんだ」

「好き？　よくわかんないけど、ボクは戦うことしかできない勇者だから、それしかしなくていいってみんなに言われてるの。この前は鮫《さめ》とも戦ったんだよ！」

朝の稽古なのか、粗末な手槍をブンブン振り回しながらエリンは言う。

「そうなのか。それがエリンの天職ってやつなんだろうな」

色々と騒乱の絶えないこの世界において、戦闘力は何よりも大事なものなのだろう。

獣人の勇者であるエリンが、リーダーであるイセリナに次いで大事にされているのもそのためだろう。

彼女らは、本当によく働く。

朝から自分達のテントを片付けて、船にタダシが与えた大量の食糧を積み込んでいた。

それも終わる頃になって、ようやくイセリナがよろよろとテントから出てきた。

寝間着から、ビキニに毛布をマントのようにかぶった姿に戻ってるが、少し顔色が悪い。

なんか、めちゃくちゃ朝に弱そうだ。

「はい、お水」

「タダシ様、お恥ずかしい限りです。無体な姿を見せてしまって申し訳ありません」

「いや、考えたらイセリナさんは病み上がりだっただろう。ゆっくり休めたようでよかったよ」

エリンが「いや、イセリナは普段から毎朝こんなもん……」と言いかけて、他のエルフ達に口を押さえられてモゴモゴ言っていた。

やはり、朝が弱いのか。

しっかりしたリーダーだと思ってたんだが、こう見ると印象がちょっと変わってしまう。

いかにも、お姫様育ちらしいもんな。

水を飲んでようやく落ち着いたのか、イセリナはコホンと咳払いしてから言う。

「タダシ様、これより私達は故郷の島へと戻ります。この場所が辺獄の海岸だということもわかりましたので、この風向きなら帆を張れば一日で島に戻れると思います」

イセリナは、舐めた指先で風を見てそう話す。

みんなリーダーであるイセリナの言葉を神妙に聞いている。

「そして、また戻ってきます。船いっぱいに積み込んでも、まだ食糧は足りてないのです。何の関係もないタダシ様に、こんなことをお願いするのは心苦しいのですが……」

皆まで言う必要はないと、タダシは手を振って言う。

「要求されてるのは倉七つをいっぱいにするだったか。この浜辺にも畑を作って、その分の食糧を提供しよう」

「本当ですか！」

「ああ、俺だって無関係ではない。話を聞いていれば悪いのはイセリナ達じゃないだろう。この世界の人間がやった不始末を、同じ人間として見過ごしてはおけない」

タダシが農業の神クロノスから力をもらったのは、きっとこのためだったのだろうと思う。

恩を受ければ、報いなければならないのはタダシも同じだ。

これも神様から力を与えられた者の務めというものだ。

「タダシ様、なんとお礼を申していいか……」

仲間を人質に取られる形で、食糧集めの辛い日々。

リーダーであるイセリナの苦悩は深く、これで仲間が助かると思うと、思わずその碧い瞳から涙をこぼした。

その涙が、エルフや獣人達にも広がっていく。

「湿っぽいのは好きじゃない。善は急げという。早く仲間の下へ食糧を持っていってやってくれ」

「……はい。すみません。ありがとうございます」

「お礼なんていいさ。こちらだって得るものがある。言ってみれば、これは対等な取引だ。こちらも島の有用そうな植物の種を集めてくれるようにお願いしてるんだから」

イセリナは涙を拭いて頷くと、仲間達を集めて言い含める。

「タダシ様。こちらのお仕事もあるでしょうから、アーシャとその他二名を残していきます。エルフの縫製などを教えることもできますし、どうぞお仕事を手伝わせてやってください」

「そうか。それは助かる。では、よろしく頼むよ」

食料の確保は急務である。彼女らの村のためにもなることだから、畑仕事を手伝ってもらうのは構わないだろう。

タダシが作った畑を、他の人が作業を引き継いでどうなるかも実験してみたいところだった。

イセリナ達の出港を見送ると、さっそく残った三人に尋ねる。

「えっと、アーシャ先生とあと二人の名前を聞かせて欲しい。できれば、得意な仕事も」

名前を聞かれるとは思ってなかったのか、二人は当惑する表情を見せた。

「ローラです。裁縫が得意です」

「ベリーです。島では畑仕事をしていました。力仕事が得意です！」

なるほど、裁縫と畑仕事が得意な人間を残してくれたわけだな。

三人ともエルフなので容姿はかなり美しい。

アーシャが黒髪、ローラが金髪、ベリーが赤茶色の髪だった。

アーシャとローラは平均的、ベリーは力仕事が得意というだけあって少しふっくらとしている。

みんな水着姿だから、体型がわかりすぎるのが少し困る。

「とりあえず、みんな何か服はないのか」

「服ですか？」

水着美女を並ばせているのはシュールすぎる。

タダシがそう言うと、アーシャ達は一張だけ残してあるテントの中に入り、白いワンピースを着て戻ってきた。

「あるんじゃないか、服」

なんで海エルフは水着デフォルトなんだ。

「浜だと水着が便利なんです」

そうアーシャに説明されると納得はする。

「まあ、それはわからなくもないが」

これからは、陸の仕事が主体になるのでワンピースを着てもらおう。

目の毒だし。

「それでタダシ様。何から始められますか。ガラス作りでしょうか？　それとも裁縫か、畑仕事でしょうか？」

「まず森から作ろうと思う」

「「「森」」」

エルフ三人娘は、声を揃えてタダシの言葉を復唱した。

そんなに驚くことかな。

ガラス作りの燃料の確保にも、家を作るのにも、まず木材が必要だ。

16. 森をつくる

タダシが耕した畑にジョウロで水を撒いたベリーが素っ頓狂な声を上げた。

「タダシ様、ほほほ、ほんとに芽が生えてきてますよぉ！」

「だからできるって言っただろう。水を撒いたあとは肥料だ。アーシャ先生は、ローラさんと肥料となる貝殻の粉末の準備を頼む」

タダシが鍬《くわ》で耕して、そこに種を植える。

試しに、畑仕事が得意だというベリーに水や肥料を撒くのを任せてみたのだが。

「す、凄い。木がニョキニョキって生えてきますよぉ！」

他人が肥料をやっているのを見るとよくわかるが、ほんとにニョキニョキ生えてきて面白い。

このペースなら、ちゃんと二日で大樹まで成長するだろう。

これで、タダシが耕した畑なら他の人間が肥料を撒いてもいけるということがわかった。

「ベリーさんもよくやってくれた。続けて頼むよ」

「はい！」

アーシャ、ローラ、ベリー、エルフ三人娘は役割分担してテキパキと働く。

誰かと一緒に働くというのも良いものだ。

ほんの一時間ほどで持っていたヒノキの種と椎の実を全部植えて、肥料も撒き終えた。

これで、あと二日すれば海岸から少し離れたところに森ができて、食糧と木材の供給源となってくれるはずだ。

「これだけでは彩りが寂しいから、ハタケシメジやタンポポも適当に植えておくか」

今のところ、食べられる菜っ葉がタンポポしかないのだ。

タンポポはお茶にしたり、根を焙煎《ばいせん》してタンポポコーヒーにしたりと意外な活躍を見せてくれるのだが、できればそろそろまともな野菜が欲しいところだ。

「ふーむ、この辺りまで内陸ならどうかな」

タダシが思案しているので、ベリーがやってきて尋ねる。

「肥料やり終わりました。タダシ様は、次に何をなされるのですか」

「そうだね。いちいち川に水を取りに行くのが面倒だから、この辺りに井戸を掘ろうと思う」

「それなら私にお任せください。島で井戸掘りをしたこともありますから！」

「いや、それには及ばない」

タダシがズボッと鍬を振り下ろすと、ズボボボボボボボッと衝撃が走って地揺れが起こった。

「ななな！」

「地下から真水の匂いがしたからやはりと思ったが、当たりのようだ。少し離れてくれ」

地中の水脈に当たったのを感じたので、そろそろ来るなと思ったら大量の土砂とともに水がバシャッと逆流して吹き出してきた。

これで一気に穴が貫通したわけだ。

「これ、どうなってるんですかぁ」

「地中の水脈を探して耕しただけだよ。そうすれば井戸になるだろう」

ベリーがフリーズした。

ちゃんとわかりやすく説明したつもりが、タダシの説明はわかりにくかったようだ。

「……タダシ様のおっしゃってることが凄すぎてよくわかりませんが、ともかく井戸から水を汲み上げる道具が必要ですね」

「それなら井戸用の道具を作っているよ」

井戸を作るための部品ならすでに作ってある。

ツタと木の桶《おけ》と、支柱になる木材。あとは井戸に落ちないように周りを固める魔鉱石。

「十分です。早速みんなで組み立てていきますね」

「俺も手伝おう」

「いえ！　私達にもやらせてください。これくらいのことなら私もできますので、タダシ様はどうかお休みを！」

「そうか。井戸を造ったことのあるベリーさんに任せた方が良さそうだな。では、俺は少し早いが食事の準備をしよう」

どう言っても休まないタダシに苦笑すると、三人のリーダー格のアーシャが、「井戸は私とベリーで造るから、ローラはタダシ様を手伝って」と手配した。

「くるるる！」

「おお、よしよし。よくやったな、クルル」

浜辺に戻ると、クルルが大量の伊勢海老やアワビ、サザエなどを獲ってきてくれていた。

ほんと気が利くやつだ。

「よし、塩もできてるな」

土器の底に溜まっている塩をちょっと舐めてみると、ほんのりと甘さすら感じるいい塩だ。

自分で作った物だと思うと、美味しさも一入《ひとしお》といったところか。

「タダシ様、私は何をやったらいいでしょう」

「そうだな。イセリナ達が残していってくれた昆布やワカメを取ってきてくれるか。出汁を取るから、昆布を大鍋の水に浸しておいてくれ」

「はい、ただいま」

時間があるので、今日はちょっと手間をかけよう。

俺は、石臼でゴリゴリと椎の実を粉にし始める。

「もしかして、パン作りですか？」

海鮮スープの下準備を終えたローラがやってきて尋ねる。

「よくわかったね。椎の実の粉でもパンやクッキーを作れると聞いたことがある」

「私はパン作りならやったことがあります。ぜひお任せください」

「なるほど。でも俺もパン作りを学びたいから一緒にやらせてくれ」

「はい！」

二人してゴリゴリと、粉にしたものをこねてパンにしていく。

「おっと」

「椎の実の粉だけだと崩れやすくなるから、本当は小麦粉を混ぜた方がいいんですけどね」

「なるほど。イセリナさん達は、小麦を持ってきてくれるかな」

「きっと持ってきてくれますよ。これでも大丈夫ですよ、塩があるだけでも大変助かります」

そうか、ここで塩が生きてくるか。

自分で作ったものが役に立つと嬉しくなる。

塩は人間の生活に必要不可欠だから、もっと増産しておこう。

「あとは窯《かま》で焼くだけですね」

「ふっくらとはしてないが、主食にするにはちょうどいいかもしれない」

熱した魔鋼鉄の板の上で、平べったいパンを焼く。

ちょっと味見してみたが、砂糖がなくてもよく噛み締めれば天然の甘味が出てきて美味しい。

「次は、海鮮スープだ。沸騰する前に昆布は取り除こう、エグみが出てしまうから」

「よくお知りなんですね」

「これでも一人暮らしが長かったからな」

さばいた伊勢海老の身や、殻を取り外したアワビやサザエ、あとワカメもガンガン入れていく。

豪快すぎて笑ってしまう。

こんなに新鮮な食材ばかり、元の世界のことを考えると本当に贅沢な漁師鍋だ。

ローラと二人の料理が終わる頃、井戸造りを終えたアーシャとベリーも戻ってきた。

「よーし、食事にしようか」

海鮮スープに箸をつけると、エルフ三人娘は「美味しい、美味しい」と口々に言ってくれた。

主食のパンができたのもありがたい。

「くるるる」

「そうかクルル、パンも美味しいか？」

椎の実を食べ慣れてるせいか、クルルは椎の実の粉で作ったパンもお気に入りのようだ。

クルルは、落ちてる骨でもなんでも美味しいって食べるんだけども。

「昆布で出汁をとってワカメまで食べられるなんて、タダシ様は、私達海エルフと同じですね」

「他人とは思えませんよ」

一緒に鍋を囲むとより仲良くなれるというものだ。

しっかり働いてくれた労をねぎらうため、俺はタンポポを刻んでコーヒーにして出してみた。

「これは苦い。せっかく作っていただいたんですが、お水の方がいいです」

ベリーとローラは、タンポポコーヒーは苦手のようだ。

「タンポポコーヒー美味しいです」

「おお、アーシャ先生はいける口か」

「もう、タダシ様。先生は恥ずかしいからやめてくださいって」

俺が先生、先生と言うから、ベリーとローラにもからかわれていたし、そろそろ止めた方がいいかもしれない。

からかい半分で言っては、あのエリンのやつと一緒になっちゃうからな。

「コホン。俺としてはタンポポコーヒーはノンカフェインだから、物足りない感じもするんだけどね」

元の世界ではコーヒー飲みまくりだったから、少し寂しくもある。

聞いてみたが、島にもお茶の木やコーヒー豆は存在しないらしい。残念だ。

「あの、カフェインってなんなんですか？」

そうアーシャに小首をかしげられてしまった。

「そうか。この世界の人にカフェインはわからないよね。気にしないでくれ」

コーヒー豆欲しいな。どこかで手に入れられるといいんだけど。

よほど口に合っていたのか、うっとりした顔でタンポポコーヒーを飲み終えたアーシャが言う。

「タダシ様、午後はどうされますか」

「今日中にガラスを作るところまでやってみたい。アーシャさんには申し訳ないけど、もう少し先生をやってもらわないといけないな」

「はい！　もちろん何なりとお手伝いさせていただきます！」

でも先生はやめてくださいと言われてしまった。

自分の得意分野になると嬉しいのか、ガラス職人のアーシャはそれでも喜んで張り切り出している。

17. エルフ三人娘の日々

ついにガラス炉でのガラス作りが始まった。

アーシャに何度かポーション瓶を作ってもらって、それを見様見真似で作ってみる。

「できた！」

「上手いですよ、タダシ様。初めてにしては上出来です！」

吹きガラスによって、ガラスが形作られるのはとても面白い。

「本当に面白いものだなあ」

「この魔木というのは火力が上がって助かりますね。ここの砂もガラス作りに適していたようで申し分ないです」

「そうだね。ここはガラスを作るにはいい環境だ」

「私としても、この地で仕事ができるのは助かります」

タダシがエリシア草を供給しているため、今後更に薬師でもあるイセリナがエリクサーを増産するだろうと予想される。

そのためにポーション瓶の在庫を作っておかなければならないというのだ。

さすがにアーシャはプロのガラス職人だけあって、よく先を考えている。

タダシは、実用的な食器などの他にビー玉なんかを作ってみて、とりあえず満足した。

「じゃあ、アーシャさんはガラス器の増産を進めてくれ。ポーションの瓶だけじゃなくて、お皿とか食器もあると嬉しい。土器よりも高級感があっていいし」

「わかりました。タダシ様の他の仕事をお手伝いできないのは残念ですが」

「いや、それぞれ適した仕事を担当する方がいいでしょ」

ガラス器はいくらあっても困るものではない。

いずれちゃんとした家を建てたら窓ガラスなんかも作ってもらいたいと思う。

タダシの言葉に、ベリーも賛同する。

「そうですよアーシャ。タダシ様の畑仕事なら私が手伝いますから」

「そうしてくれるか、ベリーさん。治療薬はいくらあってもいいだろうから、今度はエリシア草の畑も広げてみようと思っている。あとは料理用や照明用の油も欲しいから、菜種の畑も作ってみるか」

「はい、喜んでお手伝いいたします！」

こうして午後も畑仕事を続けて、気がつけば夜になる。

夜になり食事を終えて汗を流して……。

「今日はクルルと野宿するから」

「タダシ様、何をおっしゃいます！」

アーシャが腕を引っ張ってテントに招き入れる。

「私達の粗末な天幕で申し訳ないですが！」

「毛布も数が少ないですし、一緒に寝ましょう！」

三人がかりで、俺はテントへと引っ張り込まれてしまった。

やはりこうなるのか。

「タダシ様。そんな端っこに行かずに、どうぞ真ん中で楽になさってください」

アーシャにそう言われても、楽にできないんだよなあ。

「私、タダシ様が他人と思えません！」

「ローラさんにそう言われるのは嬉しいんだけど」

距離が近すぎる。

「なんだかお父さんみたいな感じがします」

「あらベリー、タダシ様はまだ若いのに失礼よ」

いや、ベリーの言ってることが正しい。

タダシは見た目こそ若いが、内面は四十歳のおっさんなのだから。

だからこそ、娘のような若いエルフ三人娘の寝床に入り込むのはどうかと思うわけだ。

「タダシ様、どうぞお気になさらず真ん中に……」

「いや、だからね」

その時だった。

「くるるる！」

「きゃ！」「うわ！」「はわわ！」

ズボッとテントの中に、クルルが頭を突っ込んできた。

「助かるよ、クルル」

「くるる……」

今晩も空気を読んだクルルのおかげで、ゆっくり就寝できるのだった。

天然の毛布もありがたい。


次の日は、海木綿と海ゴムの木が採取できるようになったのでベリーに採取してもらって、その間に服作りのための道具作りからやることになった。

「糸を紡ぎ布を作るには、糸車と織り機がいります」

「ああ、なるほど。学校で習ったことがある。結構構造が複雑なはずだろう。材料は木材とツタだけでなんとかなるだろうか」

「はい。ただ設計と組み立てには時間を要します」

鍛冶の加護☆《ワンスター》を持っているアーシャも加わって、糸車と織り機の製造が始まった。

俺も手伝おうとしたのだが、構造を理解してないし設計図もないので却って邪魔になってしまいそうだ。

服を作るのにあと何が必要だろうかと考えると、針が必要であることに気がつく。

「では俺は、先に針を作ってみる。他にも道具が必要なら言ってくれ」

ガラス作りの時に細かい鍛冶仕事もできるように訓練しておいたのが生きてくる。

針なら作るのはそんなに難しくない。

色んな大きさの針を作るついでに、興が乗って釣り針なんかも作ってみた。

糸ができたら釣りもできるからな。

俺がカンカンやってるところに、糸車の組み立ても終わって一息ついたアーシャがくる。

「タダシ様は、鍛冶仕事も本当にお上手ですね」

「あんまり細密なものはできないんだけど、この程度ならなんとか。こんな針で裁縫《さいほう》できるかな」

「これで十分ですよ。ただ、布を作るのにはかなり時間がかかりそうですが」

「そのようだな。それでも、衣服を作れるのは助かるよ」

「私どもも、タダシ様の服の替えがないというのは気になってました。まず何から作りますか？」

「何を差し置いてもまずは下着かな。できればゴムで伸縮のあるパンツが欲しい」

パンツくらいの大きさなら、作るのにそんなに時間はかからないだろう。

普段意識してなかったのだが、布を木綿の繊維から作るのがこんなに大変だとは思っていなかった。

なんで海エルフも獣人も普段水着でいるのかなと思ったが、なるべく布の使用を少なくしようということなのだと気がついた。

むしろ海ゴムの木からとった樹液を練ってゴムを作る方が簡単らしく、エルフが履いているビーチサンダルなんかも全部ゴム製である。

「ローラ、タダシ様が言ってるようなパンツってできる？」

「少しお時間をいただければ、私がタダシ様のサイズに合わせて素晴らしい下着を作ってみせます！」

「助かるよ。着たきり雀で、下着の替えすらないから、そのうちなんとかしなきゃと思ってたところなんだ。手伝えるところは俺も手伝うからね」

この海岸で作った布とゴムで初めてのパンツが完成する頃、沖から船がやってきた。

「おーい！」

先頭の船で手を振っているのは、獣人の勇者エリンである。

また来るとは約束していたのだから驚きはしないんだが、それにしても……。

「物凄い船の数だな」

パッと見て、十艘を超えているように見える。

こんなに大船団で来るとは聞いていないぞ。

18. イセリナは提案する

イセリナ達が約束通り海岸に戻ってきた。

上陸したのは大きな船から小さな船まで、十二隻の大船団だった。

乗員合わせて百五十人が、様々な物資を運び出してくる。

真っ先に駆けてきたのはエリンだ。

「ご主人様ぁぁ！」

「コラ、エリン。ご主人は止めろって言ってるだろ」

ただでさえ人間は島の住人に誤解を受けやすいというのに。

「てへ、ごめーん」

ペロッと舌を出すエリン。

だいたい口先ではご主人様と言ってるが、敬意のかけらもない。

どうせエリンはからかってるだけだろうとわかっている。

別にタダシも本気で怒ってるわけじゃない。からかわれても嫌な感じがしないのは、明るい性格のエリンの人徳なんだろう。

「タダシ様、おっしゃられていた野菜などを持ち寄りました」

「イセリナさん。ありがとう」

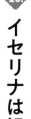

「いえ、お礼を言われることでは。お礼を言うのはこちらです」

おっと、種だけで良かったんだけど。

野菜も現物があることに越したことはないか。

ジャガイモ、キャベツ、とうもろこし、人参、トマト、カブ、ブロッコリー、山菜などよく使う野菜はあらかた揃っている。

大麦にホップもあった、これはビールを作れと言わんばかりだな。

「あとは、小麦に大豆か。これがあるのは本当にありがたい」

特に大豆の可能性は無限大だ。

もしかしたら、味噌とか醤油とかも作れるようになるかもしれない。

「小麦と大豆はフロントライン公国が育てろとカンバル諸島に持ち込んだものなのですが、島ではあまり育ちませんでした」

なるほど。

土地によって育ちにくいなどはあるだろう。

だが、農業の加護を持つタダシならばなんとかできる。

そして一番嬉しい発見があった。

「おお、サトウキビもあったのか。これもありがたい」

これは沖縄に行った時に食べたことがあるぞ。

黒砂糖が作れるはずだ。

甘味に飢えていたということもあるが、砂糖があれば料理の幅が大きく広がる。

あとオマケに椰子の実があったのも面白いなと思ってしまった。

椰子の実ジュースも美味しそうだし、海岸線に植えれば彩りになることだろう。

「今のところはこれだけです。時間の関係上、カンバル諸島の全ての有用な植物を集めるというわけには参りませんでした」

そうやって頭を下げられるが、とんでもないことだ。

「いや、よくぞこんなに集めてくれた。あまりにたくさんあっても、どれを育てたらいいか迷うから、これくらいでちょうどいいよ」

他の作業は手伝ってもらうことができても、植え付けだけはタダシがやらなければならない。

あまり多くあってもどの作物からいくか目移りしてしまう。

「タダシ様の農作業をお手伝いできる人員も全力で駆り出してきました」

食料調達に島の命運がかかっていることもあって、イセリナは島の余剰人員を必死でかき集めて来たらしい。

「多いくらいだね」

「あとは、衣服を使うのに布も足りないだろうと思って道具ごとお持ちしました」

大量の布を糸車や織機ごと持ってきてくれたので、服を作る問題が一気に解決した。

「おお、助かるよ。パンツ一枚作るのにも大変だったから、いつまでかかるかと思ってたんだ」

「私も一国を運営していたこともありますので、この程度のことは抜かりありません！」

イセリナが連れてきた百五十人の作業員は、荷物を船から運び出したり各地を探索したりと手際よく動いている。

俺も運ばれてきた作物を調べながら、どこに畑を作ろうかと思案するのだが、何やらアーシャ達エルフ三人娘とイセリナが話しているのが耳に入る。

「アーシャ達の誰かが、タダシ様と男女の仲になってませんか？」

「い、イセリナ様！　何をおっしゃいます！」

アーシャが顔を真っ赤にして否定する。

「いえ、悪いことではないのですよ。もしタダシ様と海エルフ族との血の繋がりができれば、むしろこれほど望ましいことはないのですから」

「イセリナ様。タダシ様は紳士であられました！」

「そうですか」

その会話がタダシにも聞こえているのだが、なんとも言えないしどんな顔をしたらいいのかもわからない。

ともかくタダシは話を変えるために、イセリナ達に割って入ることにした。

「それにしてもイセリナさん。人の数が多すぎないか」

「村を作る先遣隊としては、これでも足りないくらいの人員だと思うのですが」

「村を作る？」

「もちろん、私達がここに住んでいいとタダシ様のご許可があればの話ですが」

「別に住むことは反対しないけど。しかし、急すぎる話だな。豊富な魚介類を取るための漁師小屋でも作るのか？」

「いえ、定住施設を造るのです」

海エルフと獣人は、ここに食糧確保に来ただけじゃなかったのだろうか。

まあ、ここで増産した椎の実やキノコだけでは倉七つを一杯にしろなんて公国の要望には応えられないだろうから、食糧の増産に人手は必要だが。

「それにしても、急な話だ」

「タダシ様が、森を作ってくださっていたのが本当に助かりました。早速木材を切り出して、井戸の辺りに住居の建造にかかりたいと思うのですが、よろしいでしょうか？」

「イセリナさん！」

「はい」

「木材は乾燥させないと使えない。もしかして、俺がそれも三日でできること、緊急時には木を絞って水分を飛ばせば一瞬で乾燥させられることも知っているのか？」

木材の乾燥に時間がかかることなど、聡明な元女王イセリナが知らないはずもない。

「一瞬で乾燥させる手段があるのは予想外でしたが、農業の神クロノス様の加護の厚いタダシ様なら、それも三日でできるんじゃないかと思っていました。タダシ様のこれまでの行動を鑑《かんが》み、私どもがやってくる前に森を作っていただけるのではないかとも予想して、大工道具を準備しておりました」

手際が良いにも程があるし、あまりにも考えが穿《うが》ちすぎている。

「一体何を考えているんだ。イセリナさん？」

辺獄を吹き荒れる潮風にマントのように羽織っているイセリナの毛布が揺れる。

紺碧の海のように澄んだ瞳に覚悟の色を湛えて、イセリナは高らかに宣言する。

「私はここに、タダシ様の王国を創るべきだと考えています」

タダシは何の冗談かと耳を疑ったが、イセリナの顔は大真面目であった。

19. 辺獄の王

イセリナに詰め寄られて、タダシは肩をすくめた。

「王国だって？」

「はい、タダシ様をこの辺獄の王として新しい王国を築き上げます」

「建国とは大げさだな。この土地は誰のものではない。住みたければ好きに住めばいいんだよ」

農業の神クロノス様が、タダシにまったりスローライフできるように与えてくれた広大な無主の土地だ。

ここは別にタダシだけのものではない。

住みたい人は自由に住めばいいのに、そこを自分の王国など、おこがましいにも程がある。

「タダシ様。この人が住めぬ辺獄を実り豊かな土地としたのは、タダシ様のお力ですよ」

「そうは言われても、俺自身がなにかやったわけではないからなあ」

この土地が浄化できたのも神々の加護があってのことで、タダシが偉いわけではない。

「それでも、この土地を開拓されたのはタダシ様です」

「みんな自由に住めばいい、ではダメなのか？」

「自由……。そうですね、タダシ様はこの辺獄から出たことはありませんでしたね。リサ、来なさい」

イセリナは、一人のエルフの女性を呼び寄せる。

リサと呼ばれた黒髪のエルフの女性は、粗末な木の胸当てを付けて剣を帯びた兵士であり、左手で小さな箱を抱えている。

歴戦を思わせる身体中についたおびただしい傷跡。

そうして、その右腕は根本からちぎれていた。

「彼女は？」

これほど酷い怪我人を見たことがなかったので、タダシは少し動揺する。

「リサ、このエリクサーを飲みなさい」

「はい」

コクンと喉を鳴らしてエリクサーを飲んだリサの身体が輝き始める。

身体の傷は見る間に消え、ちぎれた右腕も再生していく。

癒やしの女神エリシアの恵みの雫。

最高位の治療薬エリクサーは、なくなった腕すら再生するのだ。

「リサは、長らく私の家に仕えてくれている兵士です。彼女の両親は魔王軍の魔物によって喰い殺され、彼女自身もフロントライン公国との戦争によって利き腕を失いました」

悲惨な話に、タダシは言いよどむ。

「それは、なんと言ったらいいか……」

兵士であるリサは、タダシの前に跪《ひざまず》いて言う。

「タダシ様、ありがとうございます。おかげで私はまたイセリナ様のために剣を振るうことができます。そして、これよりは我が君であるタダシ様のためにも必ずお役に立ちましょう」

リサはその場に木箱を置くと、静かに泣き始めた。

イセリナもこらえきれず、碧い瞳に涙を浮かべる。

「身内の治療を優先するわけにはいかないという事情もありましたが、タダシ様に私どもの置かれている現状を理解して欲しいと思って、私の側近であるリサの治療を最後にしたのです。タダシ様のお作りになられたエリシア草で、救われる多くの民がいると示すために」

イセリナ達の住むカンバル諸島は、魔族と人族の両方に虐《しいた》げられて滅亡の危機に瀕している。

こうしてその姿を見せられたことで、タダシにもその現状は理解できた。

「そうだったのか。だが、エリクサーを作ったのはイセリナさんだから」

タダシに癒やしの加護はない。

あるのは、地味な生産系の加護ばかりだ。

「私は高位の薬師ですが、島には薬がありませんでした。飢える民を救う食糧もありませんでした。島を守ることすらできなかった。それを無力に感じて、私は自ら女王と名乗るのを止めたのです」

「なら、イセリナさんが女王に戻ればいいんじゃないのか。食糧や薬草ならば、これからも提供しよう」

「そうではないのです。タダシ様がいたからリサも救われたのですよ。リサだけではありません。

今日連れてきた人々は、みんなタダシ様からいただいたエリシア草で傷を癒やされた者達ばかりです」

いつの間にか、やってきた全員が作業の手を止めてタダシの周りに集まっていた。

イセリナは、小さな木箱から宝石に彩られた樹木の王冠を取り出す。

「これは？」

「私が女王であった頃にかぶっていた王冠です。エルフ氏族の古王エヴァリスが、その身を変えた樹木より作られしエルフの王の証。海エルフ族が戦争に敗れて島に流れ着くずっと前から、脈々と引き継がれて来た王家の宝です」

「美しい光沢だ。とても綺麗な宝物だね」

「これで、タダシ様をこの辺獄の王として戴冠《たいかん》いたします」

「いや、そんな貴重な物をもらうわけにはいかない！」

ずっと守ってきた海エルフ族の王家の宝だと言うならなおのことだ。

「タダシ様、私は海エルフ族の族長として、元女王としてこちらへの移住を考えているのです。しかし、島にはどれほどフロントライン公国の支配が苛烈でも、故郷から離れたくないという者もいます」

「それはそうだろう」

故郷をそう簡単に捨てられるものではない。

田舎でスローライフしたいとずっと思いながら、都会の片隅から一歩も出られなかったタダシもそうだった。

　環境を変えるのはとても恐ろしい。

「島の民を救うには、新しい希望が必要なのです。民を救えなかった私では、そうはなりえない」

「俺ならそうなれると？」

「はい。タダシ様はおそらくこの世界でもっとも多くの加護をお持ちです。農業の加護☆☆☆☆☆☆☆《セブンスター》に加えて、鍛冶の加護や英雄の加護までお持ちなのですから」

　その加護はあまりにも凄すぎて、イセリナですら実際にその力を見るまで半信半疑であったくらいだ。

　でも一度その力を見てしまったら、その力を正しいことに使うタダシを知ってしまったら、もうイセリナ達はタダシの慈悲にすがることとしか考えられなくなってしまった。

「それが王になることと何か関係があるのか？」

「はい、アンブロサム魔王国もフロントライン公国も、この世界の支配者達は神の使徒を自称しています」

「なるほど……」

　タダシにも話が見えてきた。

　この世界の王族は、神様の加護が多くあることを理由に人々を従えているのだろう。

「しかし、この世で王を自称する者はみんなろくな人間ではありません。島の女王を名乗っていた私だってそうです。私には民を守る力がなかった！」

泣きそうな瞳で、イセリナはタダシを見つめる。

「でも、タダシ様は、タダシ様だけは違います。誰よりも優しい心と誰よりも強い力の両方をお持ちです。誰よりも多くの加護を持つタダシ様こそが、弱き者を守る我らの王にふさわしいのです！」

タダシは、しばらく考えて頷いた。

「わかった。この王冠をかぶればいいのかい」

野良着の自分には似合わないがなと笑いつつ、タダシは王冠を拾い上げる。

自分で王になれと勧めたものの、すぐにハイそうですかと受けられるとは思っていなくて、イセリナもちょっと驚きつつも対応する。

「あ、いえ。禅譲の儀式として、私は今だけイセリナ・アリアドネから、島の女王イセリナ・エル・エヴァリスに戻ります。そして、女王である私からタダシ様におかぶせするということで」

「うん。わかった」

タダシは、イセリナがかぶせやすいようにしゃがんでやった。

「アヴェスターの神々よご照覧あれ！　エルフ氏族の古王エヴァリスの枝葉にして、カンバル王国の女王イセリナ・エル・エヴァリスは天命に従い謹んで大野タダシに王の位を譲る！」

イセリナは、王冠をかぶらせただけだ。

ゆっくりと立ち上がるタダシに、イセリナは跪き、周りにいた百五十人の海エルフや島獣人達

も同時に跪く。

　エリンですら神妙な顔をしているので、笑ってしまう。

　傍らにいた兵士リサが叫んだ。

「皆の者！　新たなる王、大野タダシ陛下に拝謁！」

　周りの者達も声を揃えて叫んだ。

「タダシ国王陛下バンザイ！　バンザイ！　バンザイ！」

　タダシは、悠然と周りを見回すと頭の王冠をゆっくりと下ろしてイセリナに渡す。

「さて、もう王冠はいいんだな。大事にしまっておいてくれ」

「は、はい！　あのタダシ陛下はどちらに」

「新しい畑を耕しにいこう。イセリナは一刻も早く、民を救いたいのだろう」

「はい！」

「怪我人もまだいるんだろう、エリシア草の畑ももっと増やさないとな」

「はい。この辺りの探索を進めて、最適な土地を考えます」

　そうか。

　畑の配置、収穫の作業効率も考えなければならないか。

　一からの村作りだもんな。

　そういうことを考えるのも面白いものだ。

「ともかく、村の建設予定地の近くから全力で耕していくので、もし間違ってたら言ってくれ」

「はい！　まず食糧を優先した方がいいかと！」

タダシが動き出したので、みんなも慌てて作業へと戻る。

「しかし、王様か」

柄でもないと自分でも苦笑してしまう。

素直に王を引き受けたのは、ふいに母親の言葉を思い出したからだった。

タダシの名前を名付けたのは母方の祖父で、「世の中を正すような人になって欲しい」と思って名付けられたそうだ。

それを聞いた時は、何を大げさなと思ってすぐに忘れてしまったけど。

結局何もできなかった前世の罪滅ぼしに、ここで人のために何かやってもいいかもしれないと思ったのだ。

きっと神様達も、そのために助けてくれたのだろう。

「俺みたいな人間でも、期待されてるんだものな……」

「なんでしょうか、タダシ陛下！」

イセリナが言うのになんでもないよと笑って応えると、タダシは鍬《くわ》を振り上げてズバババババッと新しい畑を起こすのであった。

20. 王の寝床の広さは権威を示す

それから慌ただしい作業が始まった。

数隻の船は、すぐ椎の実やキノコを収穫して島に戻り、村作りのための木材の切り出しも始まった。

全てが急ピッチで同時並行に進む。

イセリナが準備してきたと言うだけあって、作業は滞りなく進む。

農業神の加護☆☆☆☆☆《セブンスター》を持つタダシにしかできない仕事がたくさんあるのだ。

畑を耕して種を蒔き、その合間に緊急措置として、当座に必要な木材を絞って強引に乾燥させる。

タダシは寸暇も惜しんで働き続けた。

農作業をやればやるほど人の生活を支えているという実感があるから、これほどやりがいのあるものもない。

「主食のパンに使う小麦は一番増やさなきゃいけないし、次いで優先は大麦とホップ、サトウキビかな」

「タダシ様。小麦とサトウキビはわかります。ですが、大麦とホップを増産して何に使うのですか？」

「ああ、ビールを造るつもりだよ」

もっと言うと、サトウキビを作るのは黒砂糖が目的だが、絞りカスの廃糖蜜でラム酒も造りたいと思っている。

椰子の実もあったから、変わったところでは椰子の実の果実酒というのもありか。

鍛冶の神バルカン様が、お酒が欲しいと言っていたのを思い出したのでそのための準備だ。

神様への捧げものといえば、お神酒《みき》は欠かせないだろう。

「ビール？」

「あれ、ビールを知らないのか。酒造りはするんだよな」

大麦とホップを持ってきた段階でビールは作ってるんだろうなと思ったのだが。

「はい。しかし、大麦酒作りにホップは使いません。ホップは薬草として使っています」

なるほどと、タダシは頷く。

初期の大麦酒は、ビールよりも単純な作りで苦味になるホップを使わなかったと聞いたことがある。

水代わりに飲まれていたらしいから、味など二の次なのだろう。

すぐに腐ってしまう水と違い、航海をする時にも便利だ。

おそらく船に積まれているのも、原始的な大麦酒なんだろうな。

しかし、鍛冶の神バルカン様にお出ししようとしている酒がそれではダメだ。

お世話になった神様への捧げものなのだから、できる限り味の良い酒を作らなければならない。

「酒造りを得意とする者はいるか？」

「はい。酒造りは重要な仕事です。タダシ様と同じ農業の神クロノス様の加護を持った発酵の専門家がおります」

「おお、俺の先輩だな。じゃあ、あとで相談させてくれ。ラガービールというものを作りたい」

「はい！」

そのためにも、畑を広げる作業を急がなければならないので懸命に働く。

一日が経つのが早かった。

井戸を作った地点に戻ってみると、すでに百人くらいが住める状態になっていて驚く。

「なるほど。テント村か」

「はい。さすがに全ての住居は一日では作れませんので。でもこれを見てください！」

「おおー！」

一軒だけだけど、ちゃんとした木造平屋建てが一日で建ってる！

「せめて王であるタダシ様だけは、しっかりした建物で休んでもらおうと大工達が総出でがんばりました」

「それにしても一日で平屋ができるとは驚いたよ」

この世界は、加護持ちもいるし魔法もあるから不可能ではないんだろうけど、相当無理したんだろうな。

「さあ、タダシ様。できましたら、大工達にお褒めの言葉をおかけください」

「あ、ああ……みんなありがとう。よくやってくれた！」

以前のタダシならここで遠慮してしまうところだろうけど、これは好意なのだから素直に受けるのが正解なのだ。

「王様、もったいないお言葉でさ！」

ねじり鉢巻をした大工の棟梁が、誇らしげに喜ぶのを見て、これで正しかったのだなと思う。

ちなみに棟梁も、エリンと同じ犬獣人の女性である。

子供には男の子もいるのだが、成人は女性ばっかりだな。

イセリナが言っていた戦争の影響なのだろうか。

誇らしげに居並ぶ建築メンバーは、犬獣人がほとんどだ。

獣人は力が強いので、大工に向いているらしい。

「これからも頑張ってくれ」

「はい！　ぜひ中を確認してくだせえ」

「それじゃあ中を見させてもらうね」

この平屋は、これから村を作るためのモデルハウスになるから、先に一軒建ててしまうのも正しいのだ。

作ってみれば、問題点も見えてくる。

「へへへ、どうですか。王様に用意していただいた木材が良かったんですが、それにしても綺麗なもんでしょう」

全てヒノキの板張りとは贅沢なものだ。

木材の表面も削ってあるし、ちゃんと釘も使ってるんだな。

タダシはちょっと思いついて聞いた。

「釘とか、大工道具が不足したりはしないのか」

大工の棟梁は、驚いた顔をした。

「王様はさすがでやすね！　鉄は輸入品なので常に不足して困ってやすよ」

やはりか。

島だから、そうだろうとは思ったが。

ここも魔鋼鉄があるからいいようなものの、普通の鉱石は全く取れないからな。

「畑が終わったら大工道具を増産するようにするよ。住居は大事だからな」

魔鋼鉄で作れば、鉄よりも丈夫な資材となる。

しかし、拾い集めた魔鉱石の在庫ももう少しでなくなってしまうので、掘りに行くことを考えた方がいいのかもしれない。

「さすが王様。まず家でやすからね！」

「ああ、そうだな」

それでも衣食住が、揃いつつあるか。

先のことは先に考えよう。

賑やかな食事も終えて、そろそろ寝ようかと思って平屋に行ったら驚いた。

「これは、キングベッドか？」

四人同時に眠れそうなほど大きなベッドが設えてあった。

エリンやイセリナ達が、船から運んで来てくれたらしい。

「そのとおりです。ベッドの大きさと柔らかさは、王の権威を象徴します」

この世界の技術レベルでできる贅沢といえば、その程度なのだろうなと思う。

タダシにしてもテント暮らしが長かったので、今日は板張りの家で眠れると思うだけで贅沢な気持ちになるくらいだ。

イセリナがもともと使っていたものなのか、絹のシーツまで敷いてあってこれは豪華な品だ。

これに文句を言ったらバチが当たるだろう。

「しかし、家の大きさに対して、無駄にベッドが大きすぎないか」

普通の平屋なので、こんなに大きなベッドを置くとほとんどベッドで埋まってしまう。

「タダシ様一人で寝るわけではないので」

「あ、なるほど」

そうだよな、みんながテントに押し込められている状態で贅沢は言えんか。

この家にも住めるだけ住まなきゃならんだろう。

「それで、誰にしましょう。エリンやアーシャ達はお好みではなかったようなので、兵士のリサなんかどうです。これぐらいスリムで引き締まった身体の方が、タダシ様のお好みではないですか？」

イセリナの隣で、リサが顔を真っ赤にして頷く。

「……ちょっと待ってイセリナさん？」

なにか話がおかしい。

「なんでしょう？　あ、もしかして同時に複数人というのがまずかったんでしょうか！　そういうことを気にされる方もいますもんね」

それかあと、ポンと手を叩くイセリナ。

「いやいやいやいやいや！　絶対なんか勘違いしているぞ！」

「勘違いですか？」

キョトンとした顔をしているイセリナ。

「ああ、絶対に何か重大な話の食い違いがある」

「しかしですよ、タダシ様も正式に国王となられたわけですから夜伽《よとぎ》くらいは必要ですよね」

夜伽ときたか。

また不穏な言葉が出てきたなと、タダシはなんとも言えない顔をした。

21. 深夜の話し合い

タダシとイセリナの食い違う会話を聞いていて、エリンが呆れたように口を挟んだ。

「あーやっぱり話が通じてなかったんだ。イセリナはカッコつけるからいけないんだよ。ボクが説明するからちょっと代わって」

「どういうことだ、エリン」

「ボク達が一緒の天幕に寝るってことは、つまり『そういうことがあってもいいですよ』ってことなんだよ、ご主人様」

「エリン、ご主人様は……」

そう言いかけて止まった俺を見て、エリンはペロッと舌を出した。

「アハハッ、王様って呼べっていうのもおかしいよね。ご主人より王様の方が偉そうだし」

「名前で呼べばいいだろ、タダシでいいよ」

「前女王のイセリナはそれでいいかもだけど、ボクがそう呼んだらみんなに示しがつかないでしょ」

「いや、エリンも島獣人の族長とかじゃなかったのか」

他の獣人からそういう話を聞いたぞ。

エリンは獣人の勇者であり族長だから、イセリナと同じく特別扱いされていたのだ。

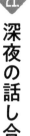

「そうだよ。ボクはこれでも島に住んでる獣人の族長だよ。あと勇者だし」

そう言って、棍棒代わりに持っている魔木をブンと振り回す。

「勇者というのは、お前らの島の風習では防衛大臣みたいな位置づけでいいのか」

「大臣？　そっか、それもいいね。ご主人様は王様だもんね。ボクも大臣かあ」

そう言って、エリンは楽しそうに窓際に腰掛ける。

「なんでエリンはご主人様って呼びたがるんだ」

ここまで繰り返されると、ただからかってるだけじゃなくて執着みたいなものを感じる。

「ボク達犬獣人は群れで生活する種族だから、自分より上がいると安定するんだよ。ボクはずっと群れのトップをやってたんだけど、もう疲れちゃった。イセリナだって女王を辞めちゃったのはそういうことでしょ」

そう言われて、イセリナも「私は……」と言いよどんで少し思案していたが、観念したようにその通りだと頷く。

「だからさ。ご主人様に最初に会った時に、この人なら任せられると直感したんだよ。楽になれるって思っちゃった」

「そうだったのか」

これまでずっと明るかったエリンが、泣きそうな顔をしている。

「仲間がどんどん死んでいくの、どうしようもないし。ボクはイセリナの気持ちもわかるよ。ごめんね。ご主人様には関係ないのに……」

確かにエリンみたいな小さい子が族長だの勇者だのと言われたら、重荷にもなるだろう。

イセリナにしたって、これまでどれほどの苦労があったたか。

「エリン。謝らなくていい。俺は大人だから、頼ってくれていいぞ」

「ほんとに！」

「ああ、できる限りのことはしてやる」

飛びついてくるエリンを受け止めながら、自分でもよくそんなことが言えるなと驚いてしまうが、守ってやりたいとは思った。

王様になるってことは、きっとそういうことなんだろう。

「イセリナ、よかったね。夜伽もＯＫだって」

「待てエリン。そこまでは言ってないだろ」

「ありゃ、雰囲気で流せると思ったんだけどダメか」

俺に抱かれてペロッと舌を出すエリン。

まあ、こいつは可愛いなと思うんだがまだ子供だし、これは庇護《ひご》欲だよな。

タダシとしても、夜伽とか言われてどう考えたらいいかわからないのだ。

いきなりエルフや獣人達にそういう関係を求められても当惑してしまう。

イセリナは言う。

「タダシ様。これは、色々考えてのことなのです」

「聞こう」

「タダシ様は人間です。エルフや獣人は、王と血の繋がりがあった方が安心します。それと、私達の現状を見ていただければわかると思うのですが、男の番《つがい》が不足してるんです」

「番《つがい》って……」

イセリナは結構ハッキリと言うなあ。

「食糧が不足していたので人口を増やすのはどうかと思っていたんですが、タダシ様のおかげでその問題も解決しました」

「しかし、俺は人間だぞ。人間を嫌ってたんじゃないのか」

「タダシ様なら大丈夫です。それに、エルフは繁殖に強いんです。他種族の男とつがっても子供はだいたいエルフですので」

「ええ……」

タダシの考えている一般のエルフのイメージと違いすぎる。

エルフって人間に比べて寿命が長くて繁殖力が弱い種族じゃなかったのか。

まあ、豊満な身体のイセリナを見ていると、繁殖力は強そうには思うが……。

「仮に人間の子供が生まれても、タダシ様の子供ならいいわよね、リサ？」

「タダシ様は良い人です。タダシ様の子なら、人間でも分け隔てなく育てます」

「しかし、そういう問題なのか？」

「私も天涯孤独の身になってしまいました。もし王様がよろしければ家族を増やせたらなと
……」

色っぽくすり寄ってくるリサに女を感じてしまって、タダシはブルブルと頭を振るう。

「この世界のエルフは、そういう軽いノリで繁殖しちゃうのか」

ちょっと引いているタダシに、イセリナは説明する。

「家を復興するのは大事なことですよ。戦争でだいぶ人口が減ってしまったので、早急に仲間の数を増やさなければなりません」

「それはわかるけど」

「タダシ様のお好みもあると思いますが、島獣人の族長であるエリンかタダシ様の警護係を任そうと思っているリサなら、最初の相手としてはいいのではないでしょうか」

それにエリンが反論する。

「ボクは番《つがい》を作るには早いよ。そういう話なら、イセリナが一番適任じゃん」

「え、私！　で、でも、私はタダシ様のお好みではないみたいですし……」

イセリナは、顔を真っ赤にして顔を背けてしまった。

「とっておきのネグリジェで寝室まで来ておいて何を言ってるのさ。期待してるくせに」

「え、あれってそういうアピールなのか？」

誘惑するつもりなら普段からイセリナが着ている際どい青色のビキニの方が圧倒的に露出度が高いんだが、どうもエルフの感覚はわからん。

「そうなんだよ。イセリナもしたいならしたいって素直に言えばいいのに、ご主人様は鈍そうだから口で言わないとわからないんだよ」

酷い言われようだ。

口ではご主人様とか言っているが、王に対する敬意が一番ないのはエリンだろう。

「もうエリンは黙っていて！　違うんですよ、タダシ様！」

「違わないでしょ。ほんと、イセリナは人には偉そうに言うくせに自分のこととなるとそれだかららなあ」

「もう！」

怒ったイセリナは、エリンに向かって枕を投げつけた。

「アハハ、イセリナが怒った！」

やれやれ、これはどうしたものかとタダシは頭を掻く。

「えっと、とりあえず俺は会ったばかりの女性とそういうことをするつもりはないからね」

リサが耳元でささやくように言う。

「人間の男性って、常に発情期と聞いたんですが？」

「またそれか。この世界の人間のイメージが酷すぎる。まあ、そう言われると、そういう人もいるだろうから否定しがたい部分もあるけど、俺にも倫理観ってものがあるんだ」

そりゃタダシも肉体は二十歳に若返っているし、リサ達がそういう覚悟で来ていると聞いてしまうと思うところもあるが、それでも今日初めて会った女性と軽いノリでするつもりはない。

ちなみに常時発情期の人間とは違い、獣人やエルフには発情の周期があるらしい。

人間とも交配可能だし、身体の構造は人間とほぼ一緒なのでいつでも応じられはするそうだ。

ただ繁殖期を外れると子供ができにくいという問題があるので、なるべくその周期を狙った方が都合がいいそうだが……いやいやなんで繁殖することが前提になっているのだ。

「でしたら、アーシャ達と代わったほうがいいでしょうか」

悲しそうに言うリサに、タダシは言う。

「だから、そういうことじゃないんだって。まあそのリサさんは兵士だし、警護係だったか。一緒に寝てもらうことにするけど」

「タダシ様、ありがとうございます！」

「いや、そんな期待する目で見られても。そういうことではないから！　その、まあ、お互いに親睦を深めて、その上で今後のことは考える。エリン、イセリナさん！」

俺が名前を呼ぶと、二人がケンカを止めてこちらを向く。

「はい！」「はーい」

「二人とも今日は一緒に寝ていいよ。ただし、寝るだけだから。何もしないから。それでいいか？」

「はい、それで結構ですタダシ様。多少の行き違いがあったようですが、私達エルフの風習にもゆっくり慣れていただければと思います」

とりあえず、この世界の海エルフがしぶとい種族だというのはよくわかった。

イセリナが言うことも合理性があるようには思うが、そういう風に求められても気持ちがまだついていけない。

「さてと……」

俺は窓のところまで行くと、窓の外に待機していたクルルと顔を合わせた。

「今日は飛び込んで来なくていいぞ。なんだったら開いてるスペースに寝るか？」

「くるるる！」

するっと窓から入ってくると、部屋の空いてるスペースになんとか身体をねじ込んだ。

正直言って狭い。

そのうちクルルにも犬小屋を作ってやらないといけないな。

クルルは身体がでかいから、もしかしたら人間よりでかい部屋が必要になるかもだが。

「ご主人様は真ん中だからね！」

「エリンお前、俺を犠牲にしようとしてるだろ」

イセリナの寝相が悪いのは知ってるんだぞ。

「へへ、ボク端っこ」

エリンは、リサの背中に退避しやがった。

やれやれしょうがないなと思いながら、タダシは今日村で作られたばかりの菜種油を使った明かりを吹き消すのだった。

22. 資材と燃料の追加

タダシは、絡みついてくるイセリナの手足を押しのけて這々の体で平屋から出た。

「うう……」

あんまり良く眠れなかったが、もうすでに日も高い。

偉そうにイセリナに一緒に寝ようなんて言うんじゃなかった。

「ご主人様おつかれー、はいお水」

エリンは、笑顔でタダシに水を渡してくる。

「イセリナさんの寝相凄いな」

「いっつも相手してるのボクなんだよ。ボクが勇者じゃなかったら死んでるよ」

細かくは思い出したくもないが、危うく強制的に繁殖させられるかと思った。

そういうのはもっとちゃんとしてからと思ってたんだが、あのたわわな胸は凶悪すぎる。

まるでおっぱい自体が意思をもったかのように絡みついてくる。

なぜあんなに大きいのに、あんな張りを維持できるんだ。

エルフと人間では身体の作りが違うのか？

忍耐力には自信があると思っていたんだが、これではタダシとしても辛抱《しんぼう》たまらない。

そのうち責任を取らなきゃならないことになるかもしれない。

そんなことをタダシが考えていると、フラフラとリサが出てきた。

「あ、リサさん……」

こちらも、相当激しくやられたのか黒髪がボサボサになってしまっている。

「はい、リサもおつかれ。お水だよー」

「エリン様、すみません」

「リサさんも大変だったな」

「慣れてますので……」

勇者とか兵士とか、体力がないとイセリナと一緒に眠ることはできないってことか。

「ま、まあ今日も頑張るか」

「はい」

クルルに朝飯を食わせていたら、ようやくイセリナが起きてきた。

「す、すみません、タダシ様！」

顔を真っ赤にして頭を下げるイセリナに、タダシは手を振って答える。

「ああいいよ。イセリナさん。ゆっくり寝ていてくれれば」

「いえ、臣下である私が王より後に起きるなど示しが付きませんから、ああ示しと言えばなんですがタダシ様」

「うん、なんだろうイセリナさん」

改まった口調で言われたので真面目に返すタダシだが、それにイセリナは文句をつけた。

「それですよ」

「えっ？」

「その、さん付けを止めてみんなを呼び捨てにしてください」

「いや、そういうわけには」

「タダシ様は王になられたわけですから、そんなに丁寧な口調では却って周りの者が恐縮します。ぞんざいに呼び付けるくらいでちょうどいいのです」

元女王からのアドバイスというわけだろう。

イセリナのように仰々しい口調ができる自信もないけども……。

「うーん、まあ気を付けてみるよ。イセリナさ……」

おもわずさんを付けそうになったが、なんとか踏みとどまる。

イセリナは、満面の笑みで「はい」と答えた。

「昨日で畑の植え付けはあらかた終わったから、今日は酒造りの準備をしてみたいと思う」

「はい！　そういたしましょう！」

さて、今日も忙しくなる。


イセリナに紹介してもらった、酒造りを専門にするマールさんは犬獣人の女性だった。

同じような分野を専門とする人だと、話が通じやすくていい。

「……というわけなんだけど」

「なるほど、王様の言う通りの方法でお酒造りの準備をしてみます」

農業の加護☆《ワンスター》を持つマールさんは、年の頃は二十八歳くらいか。

茶色の髪で獣人にしては優しそうな印象で落ち着いてみえる女性だ。

農業の神様を信仰する人は、みんな穏やかな性格なのかもしれないな。

同じ農業の加護を受けている仲間ということもあり、気安さもあって親しく話をする。

酒造りの話になると、楽しいのかゆったり長い尻尾を揺らす。

犬獣人ってわかりやすいからいいな。

「酒の材料はあと一日で収穫できる。早急に準備を整えないといけない。酒樽とかは、作ってみたのがあるが使えるかな」

「これなら酒造りに十分使えますよ。準備しておきます」

「それは助かるよ。俺は道具作りをしてくるから、必要な道具があったら鍛冶場に来てくれ」

「わかりました」

今度は慌ただしく鍛冶場に向かう。

すると、鍛冶の加護☆《ワンスター》のガラス職人のアーシャと数人が作業中だった。

「タダシ様。あ、いえ国王陛下！」

タダシが入ってきたことでみんなが作業の手を止めてしまった。

「いや、タダシで良いよ。みんな忙しいんだから作業の手も止めなくていい。それより、釘を作ってたのか」

「はい！　その他にもみんなが張り切って仕事したおかげで、壊れてしまった道具を修理中です」

それで鍛冶の加護を持つアーシャが駆り出されたわけか。

今は村の各所で作業が急ピッチで進められているところだから、そりゃ道具も壊れる。

しかし、鉄を溶かして造り直すなんていかにも効率が悪そうだ。

道具は丈夫な魔鋼鉄製がいいと思えるのだが、タダシが持ってきた魔鉱石も魔木も切れつつある。

北の森で材料を拾い集めていた時は、こんな大規模作業になるなんて思ってなかったから準備ができてなくてもしょうがない。

「わかった、資材と燃料を山ほど持ってきてやる。おーい、クルル！」

俺が呼ぶと、相変わらず砂浜で飽きずに伊勢海老獲りをしていたクルルがやってくる。

「くるる……」

「すまんがクルル。ひとっ走り北の森まで行ってくれないか。お前の足が必要だ」

「くるるる！」

クルルはよしわかったと言うように鳴いて、俺をひょいっと背中に乗せて走り始めた。

まるでスーパーカーに乗っているような凄まじいスピードだ。

これなら、すぐにでも北の森まで着くぞ。

鬣《たてがみ》にしがみつきながら、俺はクルルに指示する。

「クルル、川沿いを走ってくれ！」

「くるるるる！」

この際だ。水も補給しておけと、マジックバッグを開いて川の水を底が見えるくらい根こそぎにする。

デビルサーモンも一緒に獲れてお得だ。

「よーし。ありがとう」

最初に作った掘っ立て小屋の地点に戻った俺は、作った森と畑を鍬《くわ》でどりゃーと掘り返す。

ズボボボボボボッと、地中に疾風が走り森と畑の作物がひっくり返る。

少々乱暴だが、それをマジックバッグで全部吸い込む。

「よし、次！」

魔鋼鉄の鍬をフルスイングし、北の森の魔木に向けてディグアップショット！

ザクッザクッ、ザクザクザクザクグシャァアアア！

地中に衝撃波が走って、北の森の魔木が大量にひっくり返った。

それらをマジックバッグで吸い込んでいく。

「よし、次！　クルル一番近くの山に行ってくれ！」

「くるるる！」

快調！　快調！　クルルに乗せてもらうと凄まじい勢いで笑ってしまう。

今日はもう、自分の限界に挑戦する。

黒い岩肌、この辺りの山は全て魔鉱石でできているのだ。

「喰らえ！　全力のディグアップショット！」

タダシの振り回す鍬から高速で放たれた真空波は、バンバンバンバンと炸裂してガラガラと山を震撼させ、大穴が空いた。

辺りに魔鉱石が大量に散乱する。

「よーし！　このまま吸い込んでいく！」

これマジックバッグの方がチートかもしれないな。

今度やろうと思っている祭りの時には、知恵の女神様にもお礼をしないとな。

なんだか吸い込まれたのが、黒い魔鉱石だけではなかったような気がするがともかく今は急いでるので全部吸い込む。

さすがのマジックバッグも、おそらく限界。もうパンパンだ。

興奮したクルルが吠えた。

「くるるる！」

「よーしよし。これで用事は終わりだ、村に戻ろう！」

タダシを乗せて疾走するクルルは、瞬く間に村へと戻る。

「あ、おかえりなさいタダシ様」

「アーシャ。資材と燃料の追加を持ってきたぞ」

マジックバッグをひっくり返すと、砂浜にドシャーン！　ドシャーン！　ドシャーン！　と抜かれた樹木と、抜かれた魔木と、大量の魔鉱石の山ができた。

「うああああ！　す、凄い。何事ですか！」

ありゃ、アーシャ達までひっくり返っている。

「北の森から取ってきたんだよ。資材と燃料。もしかして、足らないか？」

「足りないどころか。この量は多すぎて、とても使いきれません。多すぎです！」

「雑な仕事で悪いが、椎の木とかは実も採れるから食糧にもなる。足りないよりは多い方がいいだろ。今から細かく切り刻むから任せてくれ」

早速、木材を細かく割っていく作業を開始したタダシを見て、アーシャは叫ぶ。

「私達だけじゃ手が足りない。もっと応援呼んできて！　早く、タダシ様がやっちゃったから！」

タダシがやっちゃったので、応援が呼ばれて総出で資材の山の回収が始まるのだった。

23. 良いことを思いつく

持ってきた資材回収の方は他の人達の手に渡ったので、タダシは凄まじい勢いで鍛冶場を増設し、新しい道具作りにかかる。

ズバッと魔鉱石の塊を耕して新しい鋳型を作る。そこに溶けた魔鋼鉄を流し込んで、こっちは刃を削って木を耕して作った鉋《かんな》台に組み合わせて……。

「よしできた」

「これはなんですか？」

鍛冶場を仕切っているガラス職人のアーシャが、覗き込んで尋ねる。

「木を削るのに、うちの故郷では鉋というものを使うんだ。ドライバーとネジも作ってみたぞ」

「えええ、新しい鋳型を作ったんですか。どうやってこんなスピードで？」

「うんなんか、いけるなと思って表面を耕したらいけた」

「ほわぁああ？」

アーシャは顎が外れるほど、あんぐり口をあける。

タダシは、アーシャ達職人の概念をぶち壊してきた。

「サンプルも作っておいたから、これを元に同じものを作ってみてくれ」

「タダシ様はどちらへ？」

「さっそく、大工班に使って見てもらう」

新しい大工道具を作って持っていくと、大工達に大好評だった。

「ひゃー、これは楽に削れるねえ。ひゃー！」

鉋の使い方をすぐ覚えた棟梁《とうりょう》のシップが、嬉しそうに削りカスを作り続けてる。

「それ無駄に何度もやらなくていいからな」

鉋で木が削れるのが気持ちいいのか、シップが削りまくっている。

気持ちはわかるけど。

「ネジも釘を使うよりしっかりハマるし、さすが王様だね」

「役に立ったようで良かったよ」

「これなら更に効率が上がるよ。お前ら、ガンガンやっていくよ！」

平屋を建てている大工班は「おー！」と拳を振り上げる。

「さて、次は何を作るかな」

「タダシ様」

ハァハァと息を切らせながらアーシャが走ってくる。

「おお、アーシャ。次の道具なんだが」

「タダシ様は、働きすぎです！」

まさかそんなことを言われるとは思わず、タダシはキョトンとする。

「え、ええ……」

「イセリナ様を見てくださいよ。ぐったりしてますよ」

「あちゃー」

全体の進捗管理しているイセリナは、タダシが各所で新しい仕事を作るので人員配置に走り回ってヘトヘトになって座り込んでいた。

隣でリサが、ぱたぱたと椰子の葉でイセリナに風を送っている。

「タダシ様が凄すぎてみんながついていけてません。ずっと働き詰めだったんですから、少し休まれてはいかがですか」

「そ、そうか。イセリナはあまり身体が丈夫じゃないからなあ。アーシャ、よく教えてくれたね」

もともと強靭な社畜の精神を持つ上に神の加護で肉体強化まで受けているタダシに、イセリナ達がついてこれないのも当然なのだ。

良かれと思って頑張っていたんだが、少し張り切りすぎてしまったかもしれない。

衣食住は確保できているのだから、急ぐ必要はないとも言える。

「砂浜で少し休まれてはいかがですか。ほら椰子の実のジュースでも飲んで」

のんびりしろと椰子の実を渡されて、タダシは砂浜を静かに歩く。

ちょうど先程タダシが持ってきた食糧を満載して船がカンバル諸島へと出港するところだった。

バタバタと尻尾を振って、クルルが近づいてきた。

口には伊勢海老を咥えている。本当、好きだな海老。

「おー、伊勢海老獲りを頑張ってるみたいだな。お前も今日はご苦労だった。少しは休むと良いぞ」

「くるるる」

クルルに食べさせるのに、伊勢海老を焼きながらぼんやりと焚き火の跡を見る。

ガラスを作る時に、海藻を焼いた跡だ。

そして、タダシがジュースを飲めと渡された椰子の実。

「そうだ、良いことを思いついた」

「くるる？」

焼いた海老をバクバクと食べるクルルが不思議そうに見つめる中、タダシはまた謎の作業にのめり込んでいくのだった。

※※※

「アーシャ。ハンマーを貸してくれ」

「また来たんですかタダシ様。もうこれ以上仕事は……これはなんですか？」

「液体石鹸だ」

農業とは人間の営み全てを司るとは農業の神クロノス様の言葉だが、石鹸作りもまた農業の範囲である。

「ふわふわで泡立ちますね。いい香り」

「椰子油と焼いた海藻と少量の塩を混ぜて熟成させた石鹸だ。身体が綺麗になる」

普段は鍛冶場やガラス工芸をやっているアーシャといえども女の子なので、そう聞くとちょっと嬉しい。

「確かに焼いた海藻は洗濯や洗浄に使いますが、こんな使い方があったんですね」

「喜んでもらえてよかった。石鹸ができたとなると次に欲しいのは風呂だろう」

「お風呂を作るんですか！」

「ああ、試しに一つ作ってみるだけだ。自分だけでやるから、アーシャ達の手は借りないので心配しないでくれ」

どうもタダシのスピードに合わせると、みんなヘトヘトになってしまうみたいだから。

「お風呂作り、私もお手伝いします」

「え、でも休憩だって？」

「こんなふわふわの石鹸見せられたら、私だってお風呂に入りたくなりますよ」

そんなわけで、風呂作りが始まった。

お風呂に入れば疲労回復にもなるから、方向性は間違ってないのかな。

休むために働く。矛盾しているようだが、人間なんてそんなものだろう。

せっかく大量にヒノキがあるのだから、目指すはヒノキ風呂である。

※※※

風呂は思ったよりも簡単にできた。

湯を沸かす大釜と大きな浴槽を作ればいいだけなのだ。

タダシはモノ造りに加護を使うコツを掴みつつあるようだ。

大事なのはイメージで、農業神の加護☆☆☆☆☆☆☆《セブンスター》の力を上手く使うことができれば物を作るのは簡単だった。

タダシの腕の見せ所はこれからだ。

「よーし、そこのノズルをひねってみろ」

「うわ！　お湯が出たよ！」

どこから聞きつけて来たのか、エリンがやってきてはしゃいでいる。

「はは、どうだ凄いだろうエリン。これがシャワーだぞ」

ゴムのホースにつながったジョーロの口から勢いよくお湯が飛び出す。

「ひゃーこれは気持ちいいね。ご主人様、最高だよ！」

これもそこまで難しい物ではない。

お湯を沸かした大釜を高い位置に配置したのだ。

栓をノズルで開くと、高低差で自然とお湯が飛び出してくるようになる。

「お前ら普段から水着だから、そのまま風呂に入れるよな？」

「うん、一緒に入ろうよ！」

「よし、今日の仕事はここまでだ。疲れを癒やすためにまったり風呂に入ろう。エリン、みんなを呼んできてくれ」

「はーい！」

まず自分で使って確かめなければと、タダシは海水パンツ一枚になって作った液体石鹸を使ってみる。

「泡立ちはなかなかだな。おー、久しぶりの風呂だから垢が落ちる」

やはり石鹸を作ってよかった。

身体を綺麗にすると、大きな浴槽へとざぶんと浸かる。

クルルの身体を洗う用にも使う予定だから、十人入っても余裕なほどの大きさにした。

ヒノキのいい香りがたまらない。

やはりヒノキ風呂はいいな。

そう思ってくつろいでいたら、湯気の向こうからエリン達が来るのが見えた。

「お前ら……」

「ご主人様、呼んできたよ」

「……水着があるんだから水着を着ろぉおおお！！！」

なんで裸になるんだよ。

水着の意味がないじゃないか！

24. お風呂回

いきなり裸の女達が来たので、慌てて風呂から出ようとする俺をエリンが捕まえた。

「いいじゃん。水着なんて付けない方が気持ちいいよ」

「そういう問題じゃない」

水浴びの時に裸になってたもんな。

エリンに、みんなに水着を着て入るようにと言ってもらうつもりだったのだが……。

こいつにそんな忖度《そんたく》ができると思ったのが間違いだった。

「ねー、ご主人様も脱いじゃいなよ」

「パンツ引っ張んな！」

エリンが、全力で海水パンツを脱がそうとしてくる。

何がご主人様だ。敬意がなさすぎる。

今脱がされたらマズイのに、エリンがぬるっと絡みついて離れない。

どういう体術だと思ったが、忘れてたけどこいつ英雄の加護☆☆☆《スリースター》を持つ勇者だった。

「いずれそういう関係になるわけですし、お互いに親睦を深めるちょうどよい機会かと思いまして。タダシ様もそうおっしゃってましたよね」

イセリナが凶悪なたわわをぶるんぶるん揺らしながらのんきにそんなことを言っているが、タダシはもう、それはそういう意味じゃないと突っ込む余裕もない。

全力でパンツを脱がそうとするエリンに抵抗していたタダシであったが、やっぱりエリンには勝てなかった。

こいつ何の勇者なんだよ、パンツレスリングのか？

女達から、きゃーと声援が上がる。

スイスイ走り回るエリンは、タダシの海水パンツを脱がすと今度はイセリナに襲いかかる。

「そういうイセリナも、タオルで隠してるのはダメだよ！」

「や、やめ！　タダシ様見ないでください」

言われるまでもない、タダシは健康的に弾むイセリナの胸など見ていない。

タダシは慌てて目を背けて言う。

「それだイセリナ」

「はい？」

「タオルだ！　もう水着を着ろとは言わないが、みんなにタオル巻くくらいのことはしろ！」

島の風習は奔放なのかもしれないが、少しは恥じらいを知ってくれ。

タダシも慌てて股間を手で隠しながら、脱衣所に行ってタオルを腰に巻く。

「えーつまんない。裸のお付き合いしようよー」

「エリン、はしゃぎすぎだ。それ以上やったら飯抜きにするからな」

「いやー！　ごめんごめん、ごめんってご主人様ー！」

エリンは大飯食らいだから、食料を断つのが一番効く。

「まったく……」

タダシは、湯船に入る前にみんなに液体石鹸を使用して身体を洗うように言う。

この世界にこういう石鹸がないなら、村の名物になるかもしれない。

「タダシ様、ほんとに素晴らしいものをお作りになりましたね」

「身体がピカピカになりますよ」

アーシャとローラが褒めてくれるが、そちらを直視できないタダシは生返事を返す。

目に毒すぎる光景だった。

「まったく」

湯船に戻ると、手早く身体を洗ったリサがすっと寄ってきた。

「タダシ様、エリン様を許してあげてください。ずっと気を張り詰めていたので、楽しくてしょうがないんですよ」

ちゃんとタオルを巻いているなと目で確認する。

リサは、なんというかスリムだからまだあんまり目に毒ではない。

ホッとさせられる。

「俺も本気で怒ってるわけじゃない。エリンはまだ子供だしな」

十五歳で勇者だの族長だのと責任を押し付けられて、泣くほど辛い思いをしていたのは知っている。

お風呂で、はしゃぐくらいはしょうがないかと思う。

しかし、次々に湯船に入ってくる見目麗しい女性達を見て、タダシは感嘆のため息を吐くしかない。

人間離れした美貌を持つエルフも魅力的だし、獣人の女の子も可愛いものだなとは思う。

異世界ファンタジー最高だと言いたいところだが、前の世界で女っ気がなさすぎたタダシには少し刺激が強すぎる。

少し頭を冷やそうと、タダシはリサに言う。

「なあ、リサ。あんまり話したくないならいいんだが」

「なんでしょう」

「人間がエルフを奴隷にしようと狙っていると言ったな。乱暴はされなかったのか？」

あまり聞きたくもない話だが、そういう脅威があるならば知っておかなければならない。

タダシはもう、彼女らを守る王としての責務があるのだから。

「ああ、それでしたら大丈夫でした。人間の指揮官は女でしたから」

「ほう、フロントライン公国だったか。その国軍の指導者が女だったのか」

この世界は、割と女性がトップに立つことが普通なのかな。

中世レベルの文明だと思うんだが、聞けば聞くほど意外に感じる。

「私達にも兵力がないわけではありませんでしたし必死に抵抗もしました。そもそも公国軍は、カンバル諸島そのものが目的ではなく、その向こう側にある魔王国を攻撃する前線基地とするために占領したのです。それを考えれば戦を長引かせるわけにもいかなかったのでしょう」

「なるほど、無条件降伏ではなかったわけだな」

それなら交渉のしようもある。

「敵の女性指揮官は恐ろしい人でした。王族でありながら自ら前線に立ち、一撃で多くの兵士をなぎ倒したのです。私もその時に利き腕を失いました」

辛そうな顔を見せるリサ。

相当な苦労があったのだろう。

「しかし、一撃でか」

信じられない話だが、この世界は加護や魔法があるからそういうこともあるのだろう。

あまり敵にしたくない相手だ。

「公国が欲していたのは駐屯する軍の補給に使う食糧でした。だから全ての島民を全滅させようとはしなかったのでしょう」

「それは不幸中の幸いだったのかもな」

「そこで先の女王であるイセリナ様が公国軍の指導者と約束を交わして、民の安全を保証する代わりに公国の属領となり食糧を税として納めるという約束をしたわけです」

「なるほど。だいたいの経緯はわかった」

それで税が払えずに奴隷にされそうになってたわけか。

あるいは、公国の狙いは最初からそれだったのだろうか。

武装解除させてから、重税で痛めつけて奴隷化していく。

卑劣なやり口だ。

タダシはいまだに王国を創るなんて半信半疑なのだが、もし創れるなら税金のない国にしたい。

「あの、タダシ様。私からもお尋ねしてよろしいでしょうか」

「なんだ」

「よく我慢できますね」

耳元でそんなことを囁かれるのでびっくりする。

「リサは、そういうことを言うんだな……」

我慢というのは、もちろんそっちの話だろう。

真面目な印象だったんだが、結構攻めてくる。

「お気に障られたら申し訳ありません。ですが、私のような女として魅力のない者はともかくとしても、イセリナ様と同衾《どうきん》してよく自制されているなと」

「いや、俺はリサも魅力的だと思うよ」

よく引き締まった身体だ。

胸は小ぶりだが、スタイルはとてもいい。

黒髪はタダシにとっても馴染みが深いし、凛とした雰囲気でとてもいいと思う。

「そう言っていただけると、とても嬉しいです。イセリナ様の護衛として一緒にいることが多かったので、男性にそんな風に褒めていただいたのは初めてです」

リサの頬が赤く染まっているのは、湯にのぼせただけではないだろう。

「そうか、確かにあれと一緒にいれば比べられてしまうか」

「はい」

「凄いもんなあ」

「はい……」

うーんなんというか、大きなおっぱいって湯に浮かぶんだな。

あーまたそっちの思考にいく。

いかんいかんとタダシは頭を振る。

「リサ達の事情はわかった。俺も求められれば、受け入れる覚悟はした。ただケジメは付けなきゃならない」

「ケジメですか？」

「ああ、酒ができたら神様に供物を捧げる祭りをやる。その時に神前結婚式をやろうかなと」

「なるほど、初花《はつはな》の儀ですね」

「エルフにも結婚式があるのか」

「はい、島の娘は年頃になると春の祭りの日に意中の男性に花を贈るのです」

それを受け取ったら結婚成立だそうだ。

今はもう初花の儀なんて言ってる余裕もなく、生き残っている数少ない島の男性に四人も五人も女性が群がってる状況らしいが。

ふーむ、島では女性から男性にプロポーズする風習なのか。

「それくらい女性がたくましくないと、生き残っていけない環境なのかな」

「女性から申し出るのはおかしいんでしょうか？」

「いや、それは良いことだと思うけどね」

自分の意思でしっかり相手を選んだということなのだから。

「タダシ様の言う結婚式とは具体的にはどのようなものなのですか」

「ウエディングケーキを作って、華やかな花嫁衣装を着て、結婚指輪を贈るんだ」

そう言うと、初花の儀とそんなに変わらないかもしれない。

「結婚式というのは、そういうお祭りなのですね。おめでたいことですから晴れ着を身につけるというのもわかる話です。先にきちんと初花の儀をやろうだなんて、タダシ様はやっぱり素敵だと思います」

「それは、ありがとうと言えばいいのかな」

「でも我慢できなくなったら言ってくださいね。私も、一回ぐらいイセリナ様に勝ってみたいなと思いますので」

そう言って、リサはお湯の中でそっと手を握ってくる。

やはり島のエルフは情愛が深いのかもしれない。

ここまで誘惑が多いと、ほんとに笑ってしまうしかない。

「そうならないように、結婚式の準備を急ぐとするよ」

普段タダシの農作業を手伝ってくれているベリーが話しかけてきた。

「なになにリサ。一人で王様と話しててずるい」

みんなチラチラと、タダシの方を気にしていたようだ。

リサは楽しそうに笑うと言う。

「タダシ様が、みんなと結婚してくれるって」

「きゃー！」

「おい、みんなとは言ってないぞ！」

誰も聞いてないな……。

女の子達は、結婚式の話を聞いてキャーキャー騒いでいる。

タダシは一体何人と結婚することになるんだろう。

「結婚式って、タダシ様から花嫁に贈り物をくれるんですか」

「王様は、さすがに気前がいいですね」

アーシャも、ローラも俺と結婚するつもりなのかな。

「まあ、みんなには世話になってるから、それに応えられたらとは思うけど」

「凄く嬉しいです！」

「ローラ。花嫁衣装を用意したいから、その辺りの取りまとめを頼めるかな」

「はい。喜んでお手伝いいたします」

結婚指輪もその数用意しなきゃならないし、ケーキはどう作ったら良いだろうとタダシは頭を悩ませる。

これはまた、結婚式に向けて走り回ることになりそうだった。

25. 家畜を探す

お風呂のお湯を何度も入れ替えて、村の住民全部を風呂に入れてやるのに手間がかかった。

「もっと自動で給水できるシステムを考えないとな」

大釜に水を入れるのが面倒なので、マジックバッグを使っていたのだ。

タダシが大変そうだからエリンが代わろうと言ってくれたのだが、マジックバッグはタダシにしか使えないアイテムになっていた。

生体認証みたいなものがあるのかもしれない。

セキリュティーは万全だが、こういう時は少し不便だ。

まあともかく、今朝もキングベッドで目覚めたタダシは、ギギギギッと強烈な力でまとわりついてくるイセリナの手足を離して……。

キュッポン。

なんだキュッポンってと、鏡に映してみたら首元にキスマークがついている。

「イセリナは、キス魔でもあるのか」

「タダシしゃまぁ……」

寝相は酷いし、起きてる時はともかく寝ている時は本当に残念なお姫様だ。

ともかく、寝ぼけて更に吸い付いてこようとするイセリナを強引に外して仕事スタートだ。

結婚式という新しい目標ができて、タダシは更にやる気になっている。

「酒造りはもうマールに頼んでるだろう。花嫁衣装はお針子のローラに頼んでおけば間違いはない。あとは、結婚指輪とウエディングケーキ作りか」

リングを作るのは簡単そうだが、宝石なんてどこで手に入れればいいのだろう。

「タダシ様！　大変です！」

ハァハァと息を切らして走ってくるアーシャ。

「俺に働きすぎと言う前に、アーシャも少しは休んだ方が良いと思うんだけど」

「それどころじゃないんですよ。これを見てください！」

アーシャが袋から取り出したのは、輝きを秘めた宝石の原石の数々。

「これはダイヤモンドにルビーに、サファイアもあるのか」

「タダシ様は、宝石にお詳しいんですね」

子供の頃図鑑で見た程度の知識だが、人類を魅了してやまないキラキラと輝く石に興味がない人はいないだろう。

「島に宝石はなかったのか？」

「島で取れる場所はありませんね。宝石なんて高価なもの、イセリナ様くらいしか持ってませんー」

「それで、どうしてこんな物がたくさんあったんだ」

「タダシ様が持ってきた魔鉱石に混じってたんですよ」

あーあれか。

吸い込んだ時になんか違うものも混じってたなと思ってたけど、これだったか。

あの鉱山は魔鉱石を掘っていくと奥に宝石の鉱床もあるのかもしれない。

結婚指輪以外にも、いずれ何かには使えそうだ。

「ともかく、よく見つけてくれたアーシャ。結婚指輪をどうしようか悩んでたんだ。ダイヤモンドの指輪は、特に結婚にふさわしいと言える」

「いや、これはタダシ様が持ってきたんですよ」

「じゃあ、神様の恵みだな。後はこれを指輪に加工すれば……」

タダシがそう言うと、アーシャは宝石の原石をひょいと袋にしまってしまう。

「アーシャ」

「タダシ様。指輪作り、私に任せてもらえませんか」

タダシには他にも仕事があるから、そう言ってくれると助かりはする。

「頼めるか？」

「はい、宝石のカッティングはガラス職人の私には専門外ですが、レンズ加工もしていたので磨くことはできると思います。何より私も、タダシ様のお役に立ちたいです！」

「……わかった、アーシャの腕を信じる。足りなくなったらまた取ってくるから、失敗して使い潰しても構わない。その宝石は全部、アーシャの自由に使ってくれ」

「ありがとうございます。職人の誇りにかけてやります！」

アーシャが燃えている。

「さて、宝石の問題はこれで良いとして、あとはケーキを作るためには卵とミルクが要る。そうなると、必要なのは家畜か」

海岸線を見れば、新しく辺獄の海岸にできた村とカンバル諸島を往復する船が出ていた。

向こうに食糧を送ると同時に、こちらには物資と人員が届く。

さながら交易船であり、村の規模は徐々に拡大し続けている。

だが、カンバル諸島には鶏や牛などの家畜に当たるものはいないらしく、その点がネックとなっている。

鶏、牛、鶏、牛とつぶやきながらタダシが海岸線を歩いているとクルルがやってきた。

「くるるる！」

「どうした、クルル。おおう！」

クルルは、タダシを背中に乗せて走り出す。

慌てて鬣《たてがみ》に捕まると、モフモフの毛に身を伏せる。

「どこに連れて行くつもりなんだ？」

「くるるるる！」

凄まじいスピードで疾走するクルルは、そのまま北の森へと入っていく。

「おい、あんまり森の奥に行くと」

ヴギャァアアア！　ヴギャァアアア！

恐ろしげな怪鳥の鳴き声が聞こえる。

出たぁ！　例の巨大な禿鷲《はげわし》が二羽も現れた！

……って、えっ？

「グギャァァアア！」

クルルは冷静にジャンプすると、空を疾走する禿鷲をそのまま踏み潰した。

「強くなったなクルル。よし、それなら俺も、ディグアップショット！」

「グギャァァアア！」

タダシは鍬《くわ》をフルスイングすると、青い衝撃波とともに向かってきたもう一羽の禿鷹の首を落とした。

タダシもだんだん農業神の加護☆☆☆☆☆《セブンスター》の使い方を習熟してきたのだ。農業だけでなく、モノ造りにも戦闘にも使える。

本当に便利な加護だ。

「一応、死体をマジックバッグに入れておくか」

知恵の女神ミヤ様の秘蔵のアイテムであるマジックバッグに物を入れると、その物の名前がわかる。

マジックバッグの鑑定によると、さっきの禿鷲はデビルヴァルチャーという名前らしい。

デビルが付いているということは、これも魔獣ということなのだろうか。

続けて何匹か出てきたが意外と賢いらしく、敵わないと見たのかタダシ達の顔を見ると即座に飛んで逃げた。

デビルサーモンも食べられたし、きっとこれも食べられるだろう。貴重な鳥肉だ。

あとは羽毛が取れるかも。

そう考えている間に、クルルは森の奥へと進む。

どんどん魔木の背が高くなって、暗い雰囲気になってきた。

「ぐるるるる！」

なんだか、クルルが激しく興奮して吠えている。

タダシはよーしよしと、頭を撫でてやる。

「この辺りに、何かあるのか」

森がちょっと開けた土地に出る。

小さな水場があり、そこではたくさんの魔獣達が血で血を洗う戦いを繰り広げていた。

「ゴゲー！」

「グモォオオオ！」

地獄のような光景だが、タダシはそこに希望を見出す。

こいつらは牧場に使えるという農家の直感があった。

「ちょっとでっかいけど、牛に鶏もいっぱいいるな。よし！」

タダシは、クルルから降りると呼びかけた。

「おーいお前ら、俺に飼われないか？」

「ゴゲー！」

「グモォオオオ！」

反応なし。

それを見たクルルが、凄い勢いで吠えた。

「がるるるるるるるっ！」

辺りの空気がビリビリと震撼し、タダシですら「おおう」とビックリするぐらいの唸り声である。

クルルの身体がバチバチと帯電し、紫色のプラズマみたいなのが辺りに広がる。

あれほど叫びまわって戦っていた魔獣達が、ピタッと動きを止めた。

なるほど、こうやって動物を飼いならすのか。

クルルには学ぶことが多い。

よしと思ったタダシは、牧場に使う魔木を取るついでだと、鍬《くわ》を振り回して水場の周りの魔木をズバババババッとひっくり返して、マジックバッグに収納した。

これでもう逃げられないから、ゆっくり説得できるぞ。

辺りがシンと静まり返る。

「よーし、これで話ができるな。お前ら、ここよりも美味しい水と美味しい餌をやるから俺に卵とミルクをくれ。わかるか？」

タダシは、巨大鶏の群れに歩いていって言う。

「お前ら鶏は卵だ」

「ギョゲー⁉」

そう言って群れのリーダーっぽい鶏を撫でてやると、ブルブルと震えて頭を下げた。

どうやらわかってくれたようだ。

ほれ、椎の実をやるから食え。

次に巨大牛のところに行って言う。

「お前らはミルクな」

「ギョモォオオオオ⁉」

同じように撫でると、やはり牛達もブルブルと震えて膝をつく。

こっちには大量の牧草を積んでやった。

おー、食べてる食べてる。

「クルル、テイムってやってみたら簡単だな」

タダシの言葉に、クルルも上機嫌で可愛らしく「きゅっ！」と鳴いて、巨大鶏と牛に「がるるるるるるるるるっ！」と唸った。

ビリッとした空気の震えが走って、巨大な鶏と牛が整列する。

「よーし、じゃあみんなついてこい。美味しい餌が待ってるぞ！」

タダシは再びクルルにまたがると、巨大な鶏と牛の群れを連れて村へと帰るのだった。

26. 牧場作り

巨大な鶏っぽいものと牛っぽいものを連れ帰ったタダシは、村の近くに鶏小屋と牧場を作ることにした。

牧草を生やすにしても、水をやりたいし他の餌もやりたいので村の近くが便利である。

農業とは人の営み。

牧畜はもちろん農業の範囲である。

農業の加護☆☆☆☆☆☆☆《セブンスター》が発揮され、取って来た魔木によって凄まじい勢いで牧場が形作られていく。

驚いたのはイセリナ達だ。

「タダシ様が初花《はつはな》の儀をすると聞いたので、花の種をお持ちしたのですが、これは一体何事ですか！」

「ありがとう、イセリナ。ちょうど鶏小屋と牛の牧場ができたところだ。早速花の種も蒔こう」

牧場の周りにお花畑ができるのはとても素敵だ。

タダシが夢に見た田舎でのスローライフが実現しようとしている。

「ねえ、イセリナ。あの筋肉の塊みたいな巨大な鶏や牛って……」

一見するとただの巨大な家畜にも見えなくもないが、エリンの毛が逆立っている。

勇者の勘で、ビンビンにやばい存在だと気がついてるのだ。

「あれは魔鶏《まけい》に魔牛、どちらも凶悪な魔獣よ。魔鶏の表皮は鋼よりも硬く、その鋭い嘴《くちばし》と爪はただのでかい鶏だと舐めてかかった公国の騎士が馬ごと砕かれたほど。魔牛に至っては、暴走したった数十匹によって魔王国の城が木っ端微塵《こっぱみじん》に破壊されて、魔王国の地方軍が壊滅にまで追い込まれたと言われているわね」

おおよそ人里に現れるような魔獣ではない。

しかし、辺獄の北方には凶悪な魔獣が住む魔の森があると言い伝えられている。

もしかしてタダシはあそこから連れてきたのかと、イセリナはゾッとした。

「ねえ、イセリナ。魔鶏や魔牛って飼えるの？」

「飼えるわけないでしょう。その性質は凶悪で残忍、人族にも魔族にも絶対に飼いならせないわ」

「でもあれ、飼いならしているんじゃない？」

エリンが指差す先では、タダシが魔鶏を餌付けしている。

「ほら、お前らも餌をやってみろ。ちょっと図体がでかいだけで可愛いものだぞ。なあ、美味しいタマゴをどんどん生んでくれよ」

「ゴゲー！」

タダシに優しく撫でられた魔鶏が、情けなさそうにポロポロ涙を流している。

「魔獣が泣いてる。そうか、後ろで伝説の魔獣フェンリルが見張ってるから……」

エリンは、なんで魔獣達がおとなしくしているのかを理解してゲッソリした。

凶悪な本性を持つ魔獣だが、それよりも逆らえばフェンリルに殺されるという生物的な恐怖が勝っているのだ。

飼いならしたというより、これは無理やり力ずくで服従させてる。

これをどう考えるべきかイセリナはうーんと唸って迷っている。

イセリナに、エリンが耳打ちする。

「ねえイセリナ。これもしかしたら、戦力になるんじゃないかな」

「戦力?」

エリンの言葉にイセリナは驚く。

「だって凄い魔獣が見ただけで三十匹以上いるよ。ご主人様かフェンリルさえいれば安心なようだし、もし公国軍がここに攻めて来た場合はあいつらをけしかければいいんじゃないかな」

もし暴れ出せば、村を一瞬で崩壊においやりかねない存在だが、制御できるなら心強い用心棒にもなるということか。

いわば国防大臣である勇者エリンの発想は合理的であり、魔獣を危険視するイセリナも頷くしかなかった。

「ともかく、警戒を怠らないようにはしましょう」

タダシは嬉しそうに、ひそひそと相談する二人のところに卵とミルクを持ってくる。

「本当にちょうどいいところにきたなあ。さっそくこいつらが卵とミルクをくれたんだよ。ほらでっかくて美味しそうだろ」

「う、うん」

「そうですね。美味しそうですね」

「早速食べよう。いやあ、テイムってやってみたら簡単で驚いたよ」

それ絶対テイムじゃない！　と、イセリナ達は愛想笑いしながら心のなかでツッコむのだった。

ちなみに、新鮮な卵を使った目玉焼きやミルクはとても美味しかった。

※※※

神前結婚式に向けてタダシの奮闘は続く。

「王様、ここにいらしたんですか。結婚式の衣装をとりあえず作ってみました。ウエディングドレスってこんなものでよかったんでしょうか」

お針子のローラが持ってきてくれた衣装をチェックする。

ちょっと元の世界とは違う雰囲気もあるが、ちゃんと頭にかぶるベールがあればそれらしく見えるだろう。

「おお、上出来だ。聞いただけで再現できるとは、さすがローラだな」

タダシが褒めると、ローラは嬉しそうな笑顔で頭を下げた。

続いて、ダイヤモンドの指輪作りを買って出たガラス職人のアーシャも、磨いた宝石を持ってきてくれる。

「タダシ様。結婚指輪のサンプルができたので持ってきました」

「美しいカッティングだ。アーシャに任せてよかったよ」

アーシャも、嬉しそうに頷く。

「じゃあすぐ量産にかかりますね」

「こちらも、サイズ合わせしてリングを作ってきます」

慌てて行こうとする二人を、タダシは席につくように誘う。

「いや、待て二人とも。食事がまだだっただろう。ぜひパンの味見をしていってくれ」

「味見ですか?」

パンを焼く、いい香りが漂ってきたところだ。

ウエディングケーキ作りのついでに、パン焼窯など調理器具をいろいろ工夫していたところなのだ。

「今、パンが焼き上がったところです」

農業の加護☆《ワンスター》を持つマールが、焼き立てのパンを持って出てきた。

経験豊かな彼女は、酒造りだけでなく料理もできる。

白い布の帽子をかぶって、エプロン姿の獣人の女性というのも可愛らしいものだ。

「美味しそうですね」

ローラが褒めると、タダシは笑った。

「ハハ、まだこんなものじゃないぞ。新しい酒があるんだ」

タダシは、ビールとラム酒を出してやる。

「生ぬるいエールと違うんですね。くぅ、よく冷えてて美味しい」

「ホップを加えたラガービールは冷やして飲むんだよ。生活魔法で冷却させてみたんだ」

「そうですか。ぷはぁ、これはパンにも合いますよ」

生活魔法で冷やしたと聞いても誰も驚かない。

「やはりこの世界の加護や魔法って普通のことなんだな。俺はマールに教えてもらって、生活魔法というものがあるのを初めて知って驚いたぞ」

食べ物を温めたり冷たくしたりする地味な魔法だが、これだけで調理が驚くほど簡単になる。

ただこれは農業の加護持ちのマールやタダシが調理場にいないとできないので、硝石を使った冷却材もいずれ考えておかないといけないだろう。

冷却材に使う硝石は、トイレを作って糞尿を集めて作る。

こちらも当然農業の加護の範囲なので、三日でできるはずだ。

「くふ、こっちのお酒は濃厚ですね。ねっとりとしたまろやかな甘味があって、こちらの方が美味しいです」

「冷たいビールの方がパンにも合って、美味しいと思いますけど……」

ローラと、アーシャが酒の味で言い争っている。

人によって好みが違うということか。いろいろ用意するに越したことはないな。

「パン窯は上手くできたから、スポンジケーキは焼けるな。あとは、生クリームとバターだな」

こちらは、別に異世界の知識というわけではない。

バターは乳の出る家畜がいる地域では普通に作られているし、この世界では牛乳の雪と呼ばれている生クリームもレシピ自体は存在した。

それでも、マールが言うには極めて高価な食べ物なので、島で食べた人はいないだろうということだった。

まあ、この世界の文化水準だとホイップクリームなんて手間のかかるものを食べられるのは王侯貴族だろうからなあ。

「あの、王様」

「なんだマール」

「王様は分け隔てなく愛を与えると聞きましたが、本当に私のようなものでも結婚してもらえるんでしょうか」

え、なんなのその話。

そんなことになってるのか。誰でもいいとか言った覚えないいんだが、誰だそんなことを吹聴しているやつは。

ああ聞かなくてもわかる。

答えなくていいぞ、エリンだな！

「しかし、マールも俺と結婚するつもりなのか、いやそれが悪いとかって言ってるわけじゃなくて、全然構わないいんだが」

浮ついた若い子達と違って、マールは二十八歳の大人の女性である。
落ち着きのある人だなと思ってたので、意外だった。
「王様。でも私、子供がいるんですけど。それでもよろしいんでしょうか」
ええー！　それは、ええー！
つまりマールと結婚したら、タダシはいきなり子持ちになってしまうということだ。
いやいや、それ以前に子供がいるってことは旦那さんもいるんじゃないの？
どうなってるの、島の風習？
混乱するタダシは、とりあえずマールの話を聞いてみることにした。

27. 村の祭り

二十八歳子持ちの獣人の女性、マールさん。

彼女の旦那さんだったコーネルという人は、ちょっと前に公国との戦争で亡くなったそうだ。

「そうだったのか。悪いことを聞いてしまったな」

「いいえ、夫のことは私の誇りですから。我らが獣人の勇者エリン様をかばって戦い、敵の騎士を相手に一歩も引かず立派な最期を遂げたと聞いています」

調理場の陰から、小さい獣人の女の子がこちらを覗いている。

「もしかして、あれがマールの子供か」

「はい、娘のプティです」

「おかーさん」

プティは、タタタタッと駆けてきてマールのエプロンにすがる。

夫は戦死し、母と幼い娘が残されたのか。

相変わらず島の話、重いな。

「しかし、そんな立派な旦那さんがいたのに、すぐに再婚していいのか」

「島を救ってくれた王様が相手なら、島を守って散った夫も喜んでくれると思います」

「そういうものなのか？」

「残された子供を育てて、新しい子をたくさん産むことも私の役目ですから」

島の風習ってやつか。

期待の目でこちらをチラチラ見てくる母娘に、タダシは覚悟を決めた。

テーブルにあったラム酒をゴキュゴキュと一気飲みして言う。

「わかったマール、結婚しよう。プティも、俺をお父さんと呼んでいいぞ」

「おとうさーん！」

「王様、ありがとうございます！」

「タダシでいい。もう結婚するんだから」

「はい、タダシ様！」

まだそういうこともしたことがないのに、子持ちになるのか。

よく思い切れるなとタダシは自分でも驚くが、不思議と肝が据わっている。

マールはいい女だし、プティも可愛い。戦争で父親を失った子の親になるのもいいじゃないか。

王様になることに比べたら、大した決断でもないだろう。

「きっとこれが、王様になるってことだよな」

そう小声でつぶやく。

「タダシ様、なにかおっしゃいましたか？」

「いや、なんでもない。ほら、早くケーキを作ってプティにも食べさせてやろう」

「わーい！」

タダシがホイップしていた美味しそうな生クリームを、プティがぺろりと舐めてしまう。

「コラ、つまみ食いはいけませんよ！」

「少しくらい味見してもいいじゃないか。プティ、美味しかったか？」

「甘くて美味しぃー」

満面の笑みのプティ。

獣人の子供はとても可愛い。

俺も甘い父親になりそうだなと、タダシは苦笑するのだった。

※※※

さて、全ての準備は整った。

百人程度だった村の人口はすでに数百人に増えて、小さな街と言ってもいい規模になっている。

その住人みんなが分けて食べられるくらいの大きなウエディングケーキは、かなりの力作だ。

ただ、イチゴが手に入らなかったので、桃のケーキとなったが。

「タダシ様、イチゴという物がどうしても手に入らず申し訳ありませんでした」

「いや、フルーツならなんでも良かったんだよ。桃の節句だったか。桃も、俺の故郷ではお祝いに使われる果物だから合ってないこともない」

各々、お祝いのために着飾り、この日のためにガラス職人のアーシャが腕によりをかけて作ったクリスタルガラスの神像を並べて、神棚に料理を揃える。

「それにしても、素晴らしい料理が揃ったな」

前菜には山菜のサラダ。

デビルバルチャーの鳥肉、デビルサーモンの魚肉が素材としてあったので、それぞれ大鍋で野菜やキノコと一緒に煮込んで山の幸スープと海の幸スープを作った。

まるまると太った魔牛にミルクを出さない雄がいたので繁殖させる分を残して絞めさせてもらって、メインディッシュとしてローストビーフやサーロインステーキも作った。

魔牛は尻尾までスープの出汁にも使えるし無駄がない。

焼きたての香りのいいパンもある、野菜や伊勢海老の天ぷらなどの揚げ物もある。

そして、デザートには大きな桃のウエディングケーキ。

華やかなウエディングドレスを着て、エルフが結婚に使う色とりどりの百合の花を手に持ったイセリナが言う。

「私達も、揃いました」

「お、おう。確かに揃ってるな」

一体何人来るのか直前までわからなかったのだが、蓋を開けてみると海エルフの方からは元女王のイセリナ、兵士のリサ、ガラス職人のアーシャ、お針子のローラ、農家のベリーの五人。

島獣人の方からは、大工の棟梁のシップ、醸造家《じょうぞうか》のマールの二人。

つまり、タダシが知り合ったほぼ全員だった。

一気に七人と結婚か。

「それにしても王様は懐が深いですよね。親睦を深めたら誰とでも結婚してくださるって」

ベリーがそんなことをつぶやいているのでタダシは慌てて言う。

「いやだから、誰とでもとは言ってないからな。そういう噂は広めるなよ……でも、お前らはいいけどな」

なんだかんだで助け合ってここまで来たのだ。

求められるのも嬉しいことだ。

幸いなことに、エルフの女の子はみんな美しいし、獣人の女の子も可愛い。

男だったら拒否する理由がない。

これだけの人数と一気に結婚するって倫理的にどうなんだということが若干引っかかるが、それも島の風習のようだから受け入れよう。

「では、神々に供物を捧げましょう」

「そうだな。まず神様に温かい物を食べてもらわないと」

タダシ達が、神棚に料理を並べていくと、空から強烈な光が差し込む。

「おうタダシ、元気にしとるようで何よりじゃ」

農業の神クロノス様が降臨した。

「はい、おかげさまでこんなに仲間も増えました」

続いて、鍛冶の神バルカン様も降臨した。

「おお、ようやく酒ができたんじゃなあ。待ちわびたぞ、タダシ！」

「はい。お口に合うといいのですが」

バルカンは、待ちきれないとばかりにラム酒の器をひったくって一息で飲み干す。

「これバルカン、行儀の悪い！」

「ぷはぁ、いい酒じゃ。ハハッ、クロノス。酒の席で細かいことは言いっこなしじゃぞ」

イセリナ達は絶句している。

「た、タダシ様。この方達は……」

「神様だが、どうした？　このためにずっと準備をしてきたんじゃないか。神棚に供物を捧げたんだから、神々が食べに来るのは当然だろう」

「当然じゃないです!!」

どうやらまた行き違いがあったようだ。

28. 神々の食卓

　驚いている民衆に、自分の場合はお供え物をすると神様が直接食べに来るんだという説明にもならない説明をタダシがしているさなか、農業の神クロノスは知恵の神ミヤと英雄の神ヘルケバリツの神像をコンコンと叩く。

「これ、せっかくタダシが料理を振る舞ってくれとるのに顔も出さんとは失礼じゃろ」

　天から光が降り注ぎ二神が降臨した。

「なんや爺さん、来る来ないは自由やろ。ウチらかて暇やないんやぞ」

「その通りだ。そもそも、なんでお前らは勝手に降りてるんだ。特定の転生者に肩入れしてはいけないってルールであろうが！」

「まだヘルケバリツはそんな固いこと言っとるのか。そんな鎧着とるから頭までコチコチになるんじゃ」

「なんだと！」

「だいたい肩入れしてはいかんという取り決めに、農業の加護を受けた農家は入っとらんわ。ワシを選ぶ転生者がおらんから、その話し合いにも入れてもらえなかったんじゃから当然じゃがな！」

「また爺さんの屁理屈と僻《ひが》みが始まったぞ！」

またケンカしてるので、タダシは慌てて料理を持っていく。

「まあまあ、せっかくいらしたんだから食べてくださいよ」

今にも暴れだしそうな英雄の神ヘルケバリッツに、山の幸スープを飲ませるタダシ。

「なんだこれは、美味いな。何が入ってるのかはよくわからんが」

「なんや、天上界一のグルメのウチにも飲ませてみい。タダシには秘蔵のマジックバッグまで取られたんやから、元を取らんといかんからな！」

ミヤの方は海の幸スープを飲んで、「これは昆布出汁やな」と言い当てた。

「わかりますか。海の幸スープの方は、ワカメなどの海の具材が入ってますし、出汁に昆布をたっぷり使えますからね」

タダシにかかれば昆布も三日干しておけば熟成するので使い放題なのだ。

海エルフはやはり海の幸のほうが馴染みが深いようだが、魔牛のテールから取った出汁もなかなかの物だと思う。

「そりゃ。農業の加護☆☆☆☆☆☆☆《セブンスター》を持つタダシが作った料理だから当然じゃわい」

タダシの料理が美味いと、農業の神クロノス様の鼻も高い。

「ほほう、こっちは牛のテールスープやな。いまどきこんな手の込んだお供えをしてくれる信者はおらへんから、感心なこっちゃ」

「ミヤ様、お供え物はみんなしてると思うんですが」

「あーなんかな。近頃はなんでもかんでもお供えすればええと思ってるのか知らんが素材そのまんま奉納したり、果ては腐った料理まで捧げるバカまでいて、ウチらはゴミ箱やないっちゅうねん！」

なるほど、奉納の習慣はあるものの、儀式が形骸化してしまってるのだろうか。

地上の食糧事情が悪いせいもあるのかもしれない。

「タダシよ。具材のキノコが味わい深くて美味かったぞ。肉料理の方も、なかなか美味しそうではないか」

「このステーキが一番美味そうやな、ウチがもらいっと」

「おいミヤ、お前はタダシに加護を与えてないのに食いすぎだろう」

「なんやと、ウチは秘蔵のマジックアイテムを取られとるんやぞ。一番上等な肉を食わせてもらって当然やろ！」

なんだかんだ文句を言いながら、知恵の女神ミヤと英雄の神ヘルケバリツも料理を食べている。

肉料理の方も、醤油はなかったもののウスターソースやトマトソースを作って味付けを工夫してあるので楽しんでもらえるだろう。

「あとは、癒やしの神じゃな。せっかくなんじゃから、料理を食べていったらどうじゃ」

クロノスがそう言うと、青い髪をなびかせて癒やしの神エリシアが上品に降臨する。

「あら、私は何もしておりませんけどね」

タダシが跪いて言う。

「エリシア様、エリシア草を与えていただいてありがとうございました」

「あれはタダシが自らの運で引き寄せたものなのですが、そうですか。ならば、ご相伴に与《あずか》りましょう」

用意されたナイフとフォークを使って上品にステーキを食べるエリシア様。

サラダもあるのにいきなり肉か。

上品な雰囲気の割に、エリシア様は意外に肉食であるようだ。

「あ、あのエリシア様。いつもお世話になっております」

この機会を逃すまいと、癒やしの女神の加護を持つイセリナがおそるおそる声をかける。

「おや、あなたは……」

癒やしの女神エリシア様はイセリナに目を見張り、立ち上がるとイセリナの周りをじっと見る。

何やら、ふんふんと頷いている。

「何か気になることがありましたでしょうか」

私の顔になにかついてる？　と、イセリナは心配そうに頬に手を当てて確認している。

「……いえ、イセリナは私の信者ですからね。これからも精進なさい」

癒やしの女神エリシア様は、ひょいとイセリナの頭のベールを外すと優しく銀色の髪を撫でてやった。

「も、もったいなきお言葉」

自らの信仰する女神様に優しいお言葉をかけてもらって、イセリナは感激で硬直している。

元女王のイセリナがこうなのだ、村の民衆は絶句したまま動かなくなっている。

「タダシ、魔物の神オードは呼んでやらんのか」

「オード様ですか？」

「ほれ、魔獣にも世話になっておるじゃろ」

クロノス様が指差す先には、魔獣フェンリルであるクルルがいる。

「あーそうか。クルルが来たのはオード様のお導きだったのか。失念してました」

タダシはすぐに木で、ドラゴンの神像を作って祭る。

「グロロロロロロ……」

恐ろしげな唸り声を上げて、ずるりと魔物の神オードが姿を現した。

一応場所を考えているらしく、サイズは小さめだ。

天上界で見たそのままのお姿だったら、村なんか一瞬で踏み潰されてしまう。

「えっと、クロノス様。オード様は何を食べるんでしょう」

爬虫類が食べる物ってなんだっけ。

「オードは何でも食うぞ」

「グロロロロロロ……」

「大鍋ごとくれとのことじゃ」

慌ててスープの入った大鍋を持っていくと、魔物の神オード様は頭を突っ込んでガブガブと食べている。

「ゲフッ！」

凄い、もう全部食べてる。

「計算して多めに作ったつもりだったんだが、これは料理の追加がいるな。頼めるかマール？」

「は、はい。ただいま」

タダシの指示で料理班が動き出す。

「タダシ、酒が尽きた。この美味い酒を樽ごと所望じゃ」

「はい、ラム酒ですね。ただいま！」

酒に料理にと、タダシ達は慌ただしく饗応《きょうおう》する。腹ペコの神々を満足させるために、全力で走り回ることとなった。

29. 神前結婚式

神々もたっぷりとお供えされた食事を楽しみ、満足した頃合いで、あまりのことに騒然としていた村の住人達もようやく落ち着いた。

後は皆も食事を楽しむようにタダシが伝えると、ようやく歓談の雰囲気となった。

そろそろいいかと思い、タダシはクロノス様にお願いする。

「クロノス様、実はこの機会に神前結婚式を執り行おうと思ってるんです」

「おお、タダシが結婚じゃと。それはめでたいことじゃ」

「それで、お世話になったクロノス様達に結婚式を見届けていただこうかと」

「うむうむ、農業の神であるワシは五穀豊穣、子孫繁栄も司るから結婚を見届ける神にはふさわしいと言える。良いじゃろう」

こうしてクロノス様を前にして結婚式が始まった。

盛大に神々の酒盛りが始まって、唯一ほとんど酔っ払ってないのがクロノス様しかいないということもある。

島には初花《はつはな》の儀というそれらしい風習はあるが、タダシの言う結婚式を見るのは村人達も初めてである。

村の住人達も、なんだなんだと自然に集まってきて人の輪ができた。

「それではクロノス様、誓いの言葉を述べて百合の花と結婚指輪を交換しますので」

「嫁の数が多いのはこの世界ではよくあることじゃが、それにしても見たことない結婚の儀式じゃな。まあ、それもタダシらしくて良いじゃろう。では神前にて誓いの言葉を述べよ」

島の風習とタダシの考えている結婚式を混ぜたら、こんな風になってしまったのだ。

こういう結婚式も自分達らしくていいだろうと、タダシも思う。

「はい、ではえっと……」

「タダシ様！　私の花をお受け取りください！」

タダシがアーシャからダイヤモンドの指輪を受け取って渡そうとしたのだが、花嫁達は一斉にタダシを囲み百合の花を差し出す。

これでは、誓いの言葉もなにもあったものではない。

「ああ待て、一人ずつな。一人ずつ！」

イセリナ、リサ、アーシャ、ローラ、ベリー、シップ、マール。

タダシは、七人の花嫁に一人ずつに幸せにするという誓いの言葉とともにダイヤモンドの指輪を渡していく。

「うむ、これで晴れて夫婦《めおと》じゃや。末永く睦まじく、子孫繁栄していくがよい！」

「ありがとうございます」

タダシの手には、百合の花束ができてしまった。

美しい花嫁達に囲まれて、両手に花とはこのことかなと、もう笑うしかない。

農業の神クロノス様は、わいわい酒盛りをしている神々の席に寄る。

「ほら、お前らもめでたい結婚の儀じゃぞ、タダシ達になにかご祝儀をやらんか」

「ご祝儀っていっても何をするんじゃ」

鍛冶の神バルカン様に、クロノス様は言う。

「ほら、新しく加護の☆を授けるとか」

「あかんで、どさくさに紛れて何を言っとるんや、爺さん！」

そこに割って入ったのが知恵の神ミヤ様だ。

「ミヤは、またそんなケチなことを言うのか」

「ケチとかそういう問題やないやろ。これ以上タダシに加護を与えたら地上界の秩序がめちゃくちゃになってしまうわ！」

癒やしの神エリシア様が調停する。

「では、こうしましょう。お祝いとしてタダシの花嫁達に、加護の☆を一つずつ与えましょう」

エリシアは、イセリナの手を取ると☆を一つ増やしてやった。

「エリシア様。ありがたき、幸せです。うっうう……」

一度神様から与えられた加護の☆が増えることなど、伝説でしかありえぬ奇跡的なことなのだ。

イセリナは感激のあまり泣き始めた。

タダシの妻は、みんなそれぞれ信仰する神に☆を一つずつ与えてもらえることとなった。

加護を持たなかったローラも鍛冶の加護をバルカン様からもらい、ベリーもクロノス様から農業の加護を貰えることとなった。

「エリシアも、みんなも、そんなホイホイ加護を与えたらあかんやろ！　ウチは反対やからな！」

「タダ飯食らいなのはミヤだけじゃぞ」

そう言われると、知恵の女神ミヤ様も分が悪い。

「チッ、しゃーないな。おい、タダシ」

「はい、なんでしょう」

「ウチだけ何もなしってのも確かに締りが悪いから、ウチの信者の中でも選りすぐりの商人賢者をここに来るようにお告げを出したるわ」

「それはありがたいです！」

「気にせんでええよ。農作物をやたらたくさん作るタダシとの商売は、ウチの信者の役にも立つやろしな」

村がこれだけの規模になって、足りない物もたくさんある。

こんな辺境の地に商人が来てくれるだけでも、とてもありがたい話だった。

「なんじゃ、ミヤは人を寄越すだけか。相変わらずケチンボじゃな」

「情報の価値を知らんやつやな。頭が切れる人材のサポートは、それだけで万金の価値があるんやぞ」

「素直にタダシに加護を与えれば、それでええじゃろに」

「安易に加護を与えるのと違って世界の秩序も乱れんし、ウチが一番タダシの役に立っとるで」

またケンカを始めたので、タダシはまああとなだめる。

あれっと気が付いて、タダシは言う。

「そういやエリンも加護をもらったのか」

「うん、ボクも英雄の神ヘルケバリツ様にもらったよ」

いや、エリンの英雄の加護の☆が増えるのは戦力強化になるので助かるのだが、嫁へのお祝いじゃなかったのか。

嫁じゃないエリンが、こっそり混じってもらっていても大丈夫なんだろうか。

「そういや、エリンは俺と結婚するとかは言わないんだな」

「えー、ボクにも嫁に来てほしかったの？　ボクまで欲しがるなんて、ご主人様はエッチだなあ」

神様の前でそんなことを言わないで欲しいと、タダシは慌てる。

「いや、そういうことじゃなくて」

「アハハ、冗談だよー。ご主人様に誘ってもらえるのは光栄だけど、ボクが番《つが》うのはまだちょっと早いかなって」

またからかわれてしまったのかと、タダシは頭を掻く。

まだ十五歳のエリンが結婚にはまだ早いと言うのも、もっともな話だ。

「誘ってるわけじゃないからな。ゆっくり考えて、エリンは好きな相手と結婚すればいいぞ」

「まー、ご主人様がボクとそんなに番《つが》いたいって言うなら、考えておくよ」

そんなこと一言も言ってない。

「なんかいつの間にか俺がエリンと結婚したいみたいな話になってるんだが、まあいいか」

タダシとしては、七人の妻でもめいっぱいだった。

こうして受け入れてみたものの、どういう生活になるのか想像もつかない。

「タダシ様！　私はタダシ様と結婚できて本当に良かったです」

「私達もです！」

嬉し涙を流してイセリナ達に口々にそう言われると、結婚して良かったとも思う。

「うん、俺もみんなを幸せにするようにがんばるよ」

前世では結婚なんて考えもしなかった。

この辺獄に一人で放り出された時はどうなることかと思ったけど、異世界で人の縁に恵まれてこんなことになるとはなあ……。

ともかく、こうしてタダシの村初めての盛大な祭りの夜は過ぎていく。

神々の降臨は、タダシにとっては当然でも、移住してきた海エルフや島獣人達にとっては青天の霹靂《へきれき》であった。

もはや村の住人達は驚きすぎて声も出なかったのだが、ようやくボソボソと相談し始める。

「ねえ、神様を降臨させられる王様って凄くない？」

「いや凄いってレベルじゃないでしょ。イセリナ様達も加護を与えられてるし、これは伝説だよ伝説！」

「歴史の生き証人になっちゃったわね」

「タダシ様こそ神々に認められし最高の王様だよ。おまけに食べ物も美味しいとくれば、移住してきて本当に正解だったな！」

この村は、誰ともなく神降村《かみおりむら》と呼ばれるようになり、故郷を離れることを渋っていたカンバル諸島の人々もこの評判を聞きつけて全員が移住を決定する契機となる。

これこそが辺獄よりアヴェスター世界を耕転させる生産王タダシ伝説の始まりでもあった。

30. 初夜の会話

結婚式も滞りなく終わった深夜。

いや、祭りが盛り上がってしまって神様が帰るまで付き合っていたら、深夜というよりそろそろ明け方の時刻になってしまった。

ともかく結婚式の夜は、これでは終わらない。

寝室に帰ると、妻となった七人に囲まれてタダシはモジモジとしていた。

四人でも余裕のキングベッドとは言え、タダシも含めて八人ではかなり手狭である。

「今日はみんな疲れただろうから、大人しく寝るというのはどうかな」

「却下ですね」

代表してイセリナが言うのだが、他の六人もうんうんと頷いている。

「ええ……」

おかしい、王様なのに意見が通らない。

結婚生活は初めてなのだが、こういうことでは男の意見が通らないものなのか。

「胸の大きさの順で決めるというのはいかがでしょう！」

おおっと、ここでイセリナが大胆発言。

たゆんたゆんのハイパー兵器を誇るイセリナは、なりふり構わず自分の武器を強調し始めた。

揺れるたわわな双乳は、いわゆるロケット型。

その圧倒的な重量感もさることながら、形まで美しいという女神が与えた最強の武器である。

胸の大きさなら、イセリナは圧勝だ。

「イセリナ様。それは胸の小さい順ということでよろしいですか？」

しかし、ここで意外にも従者であるリサが口を挟む。

「あら、大きい方に決まってるじゃありませんか。男の人は大きな胸が好きだと聞きました！」

「趣味も色々です。タダシ様がそうだとは限りませんので」

「ほぉ、リサも言うようになりましたね」

「今の私の主は、タダシ様ですので」

女達のバトルが始まってしまった。

バチバチと二人の間で火花が散っている。胸の大きさについてはリサがかなり気にしていて、イセリナに勝ちたいって言ってたからなあ。

これは、タダシがどちらを先に選ぶかでも揉めそうだ。

夜伽の順番について、全く意見が嚙み合わずあーでもないこーでもないと議論している。

結局は、元女王であり正妻格でもある地位の高いイセリナが勝つかと思われたのだが、ここで意外な伏兵が声を挟む。

「タダシ様にお聞きしますが、経験はございますか？」

マールから急に鋭い質問が飛んできて、タダシはビックリする。

「ええー、俺か？　俺はうーん、その、なんというか」

ここでないと即答できないのが男のプライドだ。

あれは経験に入れるべきなのか？

それともあれは？

こうして過去を思い起こしていくと、本当に女性にあまり縁がなかった人生を送ってきたものだ。

「真面目な話です。タダシ様にも経験がお有りでないなら、私以外に経験者がいません。未経験者同士が相手だとトラブルが起こることもあります」

性の経験というアドバンテージで、一児の母であるマールが圧倒的なリードを見せる。

これには、イセリナもリサも何も言えない。

「タダシ様、これはかなり大事なことなので差し出がましいとは思いますが……」

「あーわかった！　あんまり、いや俺は正直なところほとんど経験がないと思って欲しい」

全くないというのは、プライドが許さなかった。

過去の四十年では、ほんのちょっとそれらしいことはあったはずだが、特に今世に限定すればあるわけないので、ないと言ってしまうしかない。

「わかりました。人間と獣人、エルフの違いもあると思いますので、やはり年長者である私がリードするのが一番無難なように思います。いかがでしょう？」

これには、みんな押し黙るしかない。

イセリナやリサがわーきゃー言い合ったところで所詮は未経験者の戯言。経験者の現実的な意見には抗えない。

タダシも、その説得力に頷くしかない。

「じゃあ、マールに一任しようかな」

「それで方法なのですが、まず私と番《つが》ってそれを他の者が観察しながらやり方を覚えるという……」

「マール！」

「はい」

「それはさすがに厳しい！　できれば、最初は二人だけでお願いできないか！」

そこはタダシも譲れないところだ。いきなり最初から観察されながらの多人数プレイって、上級者すぎるだろ！

タダシの精神が持つとは思えない。

「うーんでは、私と同じ獣人であり年が近いシップと一緒でどうでしょう」

「最初から二人相手をするのか」

「七人いますから、最初は私がリード役に回りますので、シップとする時は私はいないものと考えていただければ」

その辺りが妥協点か。

何事にもその道の先生や指導者はいて欲しいものであると兼好法師も言っている。

その道の先達《せんだつ》であるマールがそう言うのだから、シップを加えるのも何かしらの意図があるのだろう。

獣人はエルフとはちょっと違うのかもしれないし……。

「……わかった。お手やわらかに頼む」

考えた結果、タダシがマールの提案を受け入れると、マールとシップ以外は寝室を出ていった。

「それじゃ王様。よろしくお願いしやす」

「シップ。もうタダシでいいよ。結婚したんだから」

「そうですか。へへ、どうも慣れなくて……」

「ところでシップは本当に初めてなのか」

シップの年は二十六歳だそうだ。

大工の棟梁にまでなったにしては若いと思うが、だいたい十六、七歳くらいで結婚して子供まで作ってしまうカンバル諸島出身者としては珍しい。

「あっしは仕事の方は得意なんですが、そっちの方はからっきしでして」

「そうなのか。魅力的だと思うがな」

よく引き締まった健康的な肉体だし、きちんと出るところは出ている。

獣人といっても犬耳と尻尾がついてる人間みたいなものだし、女盛りといったところだ。

「そんな風に言われたのは初めてでさ、ああ！　抱かれるのは覚悟してきたのに、なんか小っ恥ずかしくなってきやがった！」

シップが顔を真っ赤にしているのも、なんだか可愛らしい。

それを見てマールもくすりと笑う。

「ふふ、早速仲良くなられましたね。番《つが》う前にはスキンシップをはかるのも大事なことだと思います」

「マール。この際だから正直に言うが、どうしたらいいかわからん」

怖気づいたタダシがそう言っても、マールは笑わなかった。

「はい。そのために私がいます。まず私と十分に練習して、それからシップさんに素晴らしい経験をさせてあげてください」

そうすれば、他の妻とも上手くできるはずだという。

「マール。気遣いはありがたいんだが……」

「なんでしょう」

「練習という言い方は好きじゃない。俺はそうは思わない」

「そのお言葉はとっても優しくて、本当に嬉しいです。タダシ様の初めての相手になれるのは、とても光栄なことだと思います」

「ああ、俺も嬉しいよ。その……」

「はい。最初はどうぞご無理なさらずに、私に全てお任せいただければと……」

こうしてタダシは、いきなり獣人の妻二人を相手にゴソゴソと閨《ねや》に入っていくのだった。

31. 夜の最強伝説

結局その日は、夕方までベッドから出なかった。

タダシがやろうと思えば水分補給はその場でできるので、外に出る必要はない。

マールに教えられた通りにタダシは一生懸命やったつもりであるのだが、あれほど体力のあったシップがベッドに倒れ込んだまま死んだように眠っている。

「なあマール。俺のやり方っておかしかったのか」

タダシはちゃんとできたつもりなのだが、マールは眼を泳がせて、少し考えて言う。

「いいえ、なんと申し上げたらいいのか」

「まずかったなら言ってくれ」

「まずいといいますか、良すぎたといいますか。ともかく試して良かったです。タダシ様は危険です」

「え……」

危険って、どういう意味だ。

「私も亡くなった夫しか知らないので比較対象がそんなにあるわけではないのですが、獣人の荒々しい戦士と比べてもタダシ様のそれは凄いです」

「そんな実感は全くないんだが」

「腰が抜けるかと思いましたよ。全然終わらないんですもの。それはシップさんがベッドに沈みますよ！」

マールがちょっと涙目になっている。

「すまん。優しくやったつもりなんだが、我慢しすぎてたからなのかな」

「いや、優しかったですよ。でも、そういうレベルの話じゃないんです。そもそもなんなんですか、あの全身にビリビリって雷みたいに快楽が走る必殺技みたいなの！」

「必殺技なんて使った覚えはないんだが」

「と、ともかく、タダシ様はご自分が危険だということを自覚してください。下手したら相手を殺しかねないですよ！」

「あ、ああ。気を付けるよ」

「気を付けるとか、そういうことで済む話じゃないんです。七人でも回しきれないかもしれない、タダシ様は早急に新しい妻を娶《めと》るべきだと思います！」

「ええー」

大げさすぎだろう。

そこに、イセリナ達がやってくる。

「タダシ様。新しい御所《ごしょ》を建てましたよ！」

「いつの間に建てたんだ」

「だってあそこは普通の平屋ですし、あのベッドでも王の寝床としては手狭ですから。お喜びください、今度はもっと広い建物を建てて十人でも一緒に眠れるほどの大きな柔らかいベッドを設《しつら》えました」

「ありがとう」

今の家でも十分だと思うのだが、すでに作ってしまったことだし好意は受け取っておこう。

「それであの……」

イセリナが頬を赤らめてモジモジとしながら言う。

「なんだい？」

「タダシ様は、初めては二人でしたいとおっしゃってましたよね。それでその、次は私と二人で……」

イセリナが全部言い終える前に、その両肩にバシン！　と手を乗せてマールが叫んだ。

「大変不敬ながら、死ぬつもりですかイセリナ様！」

「ええー、なんでですか！」

いよいよ自分の番だと楽しみにしていたのに……。

経験者には逆らえないと言っても、イセリナは不平の声を上げる。

「イセリナ。マールが少し大げさすぎなんだよ」

「大げさじゃありませんよ！　ビギナーのイセリナ様達は一気に五人でちょうどいいと思います」

「いや、一気でって……。それは俺が困るぞ」

だから多人数は上級者すぎるんだって。

「じゃあ、限界が来たと思ったらギブアップしていただいて、順番に閨《ねや》に入っていくのはどうでしょう。それで一晩で一人で済めばいいじゃありませんか」

「わかった、そうしよう」

タダシも、確かに昨晩はちょっとやりすぎてしまったが、凄く我慢していた結果だったので本日はセーブできると思っていた……はずだった。

※※※

十人も一緒に眠れるような新しい巨大なキングベッドに、イセリナ、リサ、アーシャ、ローラ、ベリーのエルフ五人娘が沈んでいる。

部屋の外で待機していたマールは言う。

「ほら、だから言ったじゃないですか！」

「あ、ああ……」

こうもセーブが利かなくなるとは自分でも思わなかった。

農業神の加護☆☆☆☆☆☆☆《セブンスター》で肉体強化されているせいなのだろうか。

一度やりだすと止まらない感じがある。

クロノス様が結婚式にそのようなことを言っていたが、まさか子孫繁栄にも農業神の加護は効くのか？

だとすると、農業神の加護☆☆《トゥースター》になったマールもそれなりに強いということにはなる。

「私一人で耐えられるかしら。体力のありそうな、リサさんやシップさんに経験を積んでもらって……」

「キツイなら俺が我慢したら良いと思うんだが」

「それは絶対ダメです。思ったんですが、これまでずっと溜め込まれていたことが良くなかったんじゃないでしょうか」

「そうなのかな、自覚はないんだが」

「相手を増やすのは本当に無理なんでしょうか。タダシ様と番《つが》いたいという女性なら村にたくさんいるんですが」

「……それはダメだ」

「わかりました。ではここは、私が頑張ります」

「無理はするなよ」

そう言うと、マールは笑い出した。

「それをタダシ様がおっしゃられるんですね。王の愛を一身に受けるというのも光栄なことです。なんとか頑張ってみます」

「俺も無理はさせないようにするからな……」

まさかこんなことになろうとは、思いもよらなかったタダシである。

そんなこんながありつつも、タダシの王国の建国は進んでいく。

タダシが最初に作った神降村にはカンバル諸島からの移住者が殺到して、浜辺にたくさん漁村が連なるようになり、タダシの王国の人口は増加の一途をたどる。

そうなれば、カンバル諸島を管理するフロントライン公国の上層部に報告が上がらないはずもなかった。

32. フロントライン公国首都センチュリー

フロントライン公国、首都センチュリー。

一人の勇者と百人の騎士によって始まった天星騎士団の持ちたる国。

魔王軍の脅威に対抗する人族の牙城たるセンチュリー城の執務室では、難しい顔をして案件を処理している、黄金色の巻き髪を垂らした女騎士がいた。

マチルダ・フォン・フロントライン。二十五歳。

フロントライン公国公王ゼスターの一人娘である。

病床の父の代理として公国軍の総帥と天星騎士団長を務めており、現在の公国の実質的支配者となっている。

政務中も軽装ながら鎧を身につけているのは、魔王軍と戦う常在戦場の構えを見せるためであるしマチルダが英雄の神の加護☆☆☆☆☆《ファイブスター》と聖剣・天星の剣《シューティングスター》を持つ最強の勇者でもあるからだ。

「うむむ……」

二十五歳の若さでありながら、公国軍を率いて数多の戦場を駆け抜けて来た勇者とはいえ、書類仕事は苦手であった。

しかし、生来《せいらい》の真面目な性格でわからないからといってそのまま下に任せて通すわけにはいかない。

気高い性格であるため、気軽に人に尋ねることもできない。

結果として、マチルダは碧い瞳を凝らして書類とにらめっこになる。

「お父様は倒れられているのだから、私がなんとかしないと……」

自身が公国最高の戦力であるマチルダは、その血筋と実力をもってしてなんとか軍を統括できているものの、その若さゆえに侮りを受けることも多い。

さっさと結婚して夫に国を任せろだの、二十五歳にもなって姫騎士は痛いだの、陰では散々な言われようだ。

軟弱な貴族どもが、ふざけるなと言いたい。

任せられるような人間がいれば、とっくに任せている。

この状況を打開できる人間が誰もいないから、マチルダが責任を一身に背負って戦い続けているのに。

「姫様、失礼します」

ノックして入ってきたのは、ロマンスグレーの髪に口髭をたくわえた老賢者である。

オージン・フォン・ローゼンハイム。

知恵の神の加護☆☆☆☆《フォースター》を持つ老賢者の彼は、病床の公王より内務を任された重鎮であり、戦場においてはマチルダの軍師役も務める。

「あー、オージンか」

マチルダの碧い瞳が優しい色になる。

気を張っているマチルダだが、幼き頃よりの教育係でもあるオージンにだけは気を許している。

オージンはすでに齢五十八を数えるが、若々しくスラリとしていて賢者というよりはハンサムな老執事といった風体だ。

さっと決裁書類の進み具合を見て、マチルダが詰まっていることを察する。

「提出した資料のまとめが足りなかったようですな」

「いや、手が足りない中で文官はよくやってくれていると思うが……」

もともと騎士国であったフロントライン公国は文官が少ない。

オージンも、現在は後方の軍の再編成と補給でかかりっきりになっているところだ。

「前年の魔王軍との戦いで北の穀倉地帯を奪われたのが痛かったですね。ようは、なんとかギリギリで補給を回しているということですよ」

「そうか、これはそういうことか」

ようやく理解できたマチルダは、書類を決裁するとぐったりと背もたれに身体を預ける。

「それでそのことにも関連する話なのですが、カンバル諸島に不穏な動きがありとの報告が入りました」

「なんだと！　あそこは次の作戦で重要な基地ではないか。補給が上手くいっていないのか？」

北方の内陸部で魔王軍に負け続けているフロントライン公国にとって、南方のカンバル諸島を経由して海からアンブロサム魔王国の後背に奇襲をかける作戦はまさに乾坤一擲《けんこんいってき》。国家の命運がかかった重要な作戦なのだ。

「いえ、補給は上手く行っております。島のエルフや獣人は七つの倉を食糧でいっぱいにせよとの命令をきちんと履行《りこう》しました」

「なら心配ないではないか」

「それが、島の住人が半数にも満たなくなっているとの話があるのです。もしかしたら、課税の重きに耐えかねて逃散《ちょうさん》したのでは」

「逃げると言っても、我が公国と魔王国に挟まれている島の住人がどこに逃げるというのだ」

公国の徴税は苛烈《かれつ》だが、人間を魔物の餌としか思っていない魔族の支配はもっと苛烈だ。

それらの脅威から、逃れ逃れて島にたどり着いたエルフや獣人達に逃げ場などない。

「それはそうではありますが、だとすれば無理な徴税で死んだかです。どちらにしろ、早急に調査して対処すべき大きな問題かと思われます」

「捨て置け」

「姫様……」

「今の私は姫ではない、総帥と呼べオージン。そなたでなければ、不敬として切り捨てているところぞ」

険しい顔をしたオージンは、その場に跪く。

「では総帥閣下に申し上げます。カンバル諸島も公国に参入させたからには我が国の民、これ以上の過酷な税は控えるべきです」

「カンバル諸島には、我が国の民として同じだけの税を課しているのだから無理は言っていない」

「閣下、カンバル諸島の土地は瘦せております。塩水のせいで麦や豆を持ち込んでもろくに育たず、内陸の領地と同じだけの徴税をすれば早晩に枯れ果てましょう」

「騎士団ではエルフや獣人どもは奴隷にして売り払えとの意見もあったのだぞ。そこを私はエルフの女王の意向を汲んでやり、食糧の供給で手打ちとしたのだ。その約束がきちんと果たされているなら何の問題もないではないか」

「閣下、民あっての国ですぞ。なにとぞご再考を！」

「くどい。島の調査など必要はない。魔王軍への反攻作戦は近いのだ。オージン達文官も、そのための準備で手一杯であろうが！」

睨み合いになってしまった。

オージンは、まだなにか言いたそうな顔をしていたが頭を下げて執務室を退出した。

出ていった扉に向かって、マチルダはつぶやく。

「意地を張りすぎてしまったか、すまんオージン。しかし、今は魔王軍との戦いに勝利することが先決だ。私の判断は間違っていないはずだ」

襟元を緩めると、執務室の窓を開けて眼下に広がる街を眺める。

吹き上がる風にマチルダの金色の巻き髪がなびいた。

「風が心地よい……」

オージンに言われずとも、カンバル諸島の島民に苛烈な条件を突きつけたことは自覚している。

それで更に多くの人間が死ぬことになろうとも、戦いに負ければいずれこの国そのものが失われる。

戦い続けて勝つ。

それしかマチルダに取るべき道はないのだ。

33. 商人賢者シンクー

今日も今日とて、どりゃー！　と畑を広げているタダシ。

なにせ島からの移住者が五千人を超えて、更に毎日増え続けてる状況なのだからいくら広げても足りない。

幸いなことに辺獄に土地はたくさんある。

タダシが井戸を掘るたびに、そこが新しい村になって更に耕作地が広がるといった調子だ。

カンバル諸島の住人達はみんな資材を持ち寄り、例のテントを張って生活しているのでとりあえずの生活は平気だが、早くしっかりした暮らしをさせてやりたい。

そのため日中は、タダシも走り回っている。

そして夜は……。

「……子供もいるのに、マールはいちいちエロすぎるんだよなあ。おっと、いけないいけない」

ブルブルと頭を振る。真面目一辺倒だったタダシも、最近は頭がピンク色になりつつある。

何をするにも凝り性でやりだすとハマってしまう性格なので、そっちの方も忙しくほとんど寝る暇がない。

「まあ、クロノス様に元気な身体をもらってるから少々忙しくても平気だけど、これもおかげさまだよな」

神様達へのお供え物も、更にレパートリーを増やさなきゃなと思うところだ。

そのためにも頑張って働かないと。

「タダシ様！　大変です！」

「おーイセリナ、どうした」

なんと、イセリナはクルルに乗ってやってきた。

クルルがタダシ以外の人を乗せるのは珍しいから、よほどの緊急事態なのだろう。

「新しい移住希望者が来たんです！」

「なんだそんなことか」

移住者なら、カンバル諸島から毎日のように来ているではないか。

「それが、北方からドワーフとケットシーの集団が相次いで来たんです、大変なことですよ！」

それがエルフや獣人とどう違って何が大変なのか、タダシにはよくわからないのだが。

「じゃあ、とりあえず会いに行ってみようか」

タダシがそう言うと、ヒヨコと猫耳の少女がどこからともなく現れた。

猫耳少女は髪も瞳も尻尾も、目が覚めるような深い青色をしている。

「貴方がこの国の王様、大野タダシ陛下ですかニャ」

「そういう君は？」

「タダシ様、この人がケットシーのキャラバンを率いてこられた商人賢者の社長さんですよ。いつの間に！」

「ニャハハ、そりゃフェンリルに乗れるなんて機会そうそうあるもんじゃないから、うちも便乗させてもらいましたニャ」

なんと、クルルの背中にくっついて来たらしい。

近頃またクルルは身体が大きくなったから、そりゃ小柄な猫耳少女ぐらいなら紛れて乗ることはできるだろう。

「それにしても、知らない魔獣の背に乗るなんて思い切ったことをやるね」

「それくらい派手にやらないと、この世界では生き抜いていけないですからニャー。お初にお目にかかります、猫耳商会社長のシンクーですニャン」

可愛らしくお辞儀する猫耳商会のシンクー社長。

「面白い名前だね。猫耳商会」

「そりゃ、お客さんにすぐ覚えてもらえるように。うちらのトレードマークは、この愛らしい猫耳と尻尾ですからニャ」

ケットシーは猫妖精という種族らしい。

猫耳を揺らして、お尻の尻尾をくるりんと巻いてみせる。

「なるほど、とても可愛らしいね」

「気に入っていただけて恐悦至極ですニャ。ところで、タダシ陛下は転生者ニャ?」

ズバッと言い当てられて、タダシは二の句が継げなくなる。

「驚いたな。知恵の神ミヤ様が役に立つ信者を紹介すると言ったのが君なんだろうけど、ミヤ様に詳しく教えてもらったのかい」

「いや、驚いたのはこっちの方ですニャ。そう言われるからには、神様に直接会ったことがあるってことですニャ！」

さすがは商人賢者を名乗るだけのことはある。

タダシの会話だけで事実を推測していき、話がどんどん先に行く。

「もちろんミヤ様にも会ったことはあるよ。えっと……それじゃあ、なんで俺が転生者ってわかったのかな？」

「そりゃ、近頃まで人も通わない辺獄を浄化して、こんな凄い村と畑を瞬く間にお作りになるなんて転生者じゃないと無理ニャア。しかし、本当に新しい転生者が現れるなんて直接確認に来てよかったニャ、百聞は一見にしかずニャ」

ちなみに、シンクーは知恵の神ミヤ様と会ったことはなく、お告げが聞けるだけのようだ。

シンクーに転生者の知識があるのは、猫耳商会の初代社長がそうだったからだ。

その血を色濃く引き継いだシンクーも、知恵の神の加護☆☆☆☆☆《ファイブスター》を与えられた商人賢者として猫妖精《ケットシー》のキャラバンを率い、大陸全土を股にかけた大商いをしているそうだ。

「なるほど、それでシンクー社長はここで何をするつもりなのかな」

「もちろん商売ですニャア。今日はお近づきの印にこれをお持ちしましたニャ」

「なんだい。何かの種のようだが」

シンクーが袋から取り出したのは、緑色の豆である。

「コーヒー豆ですニャ。転生者だったら欲しがるという伝説があるから持ってきたんニャけど、こっちのお茶の方が良かったかニャア」

「ああそうか。この豆はまだ焙煎《ばいせん》してないから緑色なのか」

タダシのイメージするコーヒー豆は黒い豆なのだが、それは焙煎してあるからで生豆は緑色なのだ。

「これはありがたい。もしかしたらここでも育つんじゃないかな」

早速、耕した畑に植えてみるとニョキッと芽が出て伸び始めた。

「ハニャァアア！　これはどういうことニャ！」

「ああ、聞いてるかもしれないけど農業の加護☆☆☆☆☆☆☆《セブンスター》を持ってるから、何でも三日で育てられるんだよ」

「しかしコーヒーの木は生育環境が限られていて、この緯度では育たんはずニャ⁉」

「俺の農業の加護は、どうやらそういうの全部ひっくるめて育てられるみたいなんだ。ほら、肥料をやると二日で収穫できるまで育つよ」

パラパラと粉にした貝殻を撒くと、更にニョキニョキっとコーヒーの木が伸び始める。

「そんなんありニャ⁉」

「お茶の木も種があるんなら育ててみるけど」

「ハニャア、遠路はるばるコーヒーとお茶を運んできたうちらの努力は……いや、これは凄いビジネスチャンス！」

タダシの凄さに、シンクーは尻尾の先までブルブルと震わせていた。

ただし商人賢者たるシンクーは、他の者のようにただその神技に驚いていただけではない。

頭の中では、それがどれほど莫大な儲けになるのかを計算して震えていたのだ。だって、タダシはコーヒーの木を平地に生やして見せたのだ。

シンクーが信仰する知恵の女神ミヤ様のお告げがあったから辺獄くんだりまで来たが、まさかこんなところに世界の常識をひっくり返す程の生産力の持ち主がいるとは思わなかった。

この世界では軽視されがちな農業だが、商人の間では一粒万倍《いちりゅうまんばい》と言って、上手くすれば大きなリターンのある投資先として知られている。

もしタダシが、本当にどんな植物でも土壌を選ばずに育てられるとしたら、そこに投資すれば文字通り何万倍になって返ってくる最高の投資先になる。

美味しいごちそうに舌なめずりするように、シンクーは猫舌をぺろりと出した。

いや、まだ判断するのは早い。もっと徹底的にタダシの能力を調べなくては……。

猫耳商会の社長シンクーは、大儲けの予感に震えながらそれとなく提案する。

「王様、この辺りの村々も調べさせてもらっていいかニャ」

「それはもちろん構わないよ。ただ、俺はドワーフさん達の接客もしなきゃならないんだが」

そこにイセリナが口を挟む。

「タダシ様。シンクー様の案内は私がしておきますので、手分けいたしましょう。ドワーフさん達は川沿いをずっと北に行った所をこちらに向かって歩いて来ているところです」

「よーしわかった。シンクーさんはイセリナに任せた。俺はドワーフさん達に挨拶してくるよ」

「はい！」

「よし、せっかくのお客さんをあまり待たすわけにいかないから、クルル、頼むぞ」

タダシは、クルルに飛び乗ると全力で嘆きの川を北上した。

34. ドワーフの名工オベロン

嘆きの川を北上していくと、いかにも移住希望という感じの荷物を担いだ集団がキャンプしていた。

凄い数だ、ざっと見て二、三千人はいる。

クルルに乗って駆けてきたタダシに「おーい」と手を振っている。

「おお、ほんとにドワーフだ。普通の人間も混じってるなあ」

人間とはまるで違う、ドワーフは背の低い筋肉質の屈強な男達だ。

エルフを見た時も面白かったが、こうしてドワーフを間近で見ると面白い。

若干不安げにこちらを見つめる人達から、一際立派な体格のドワーフが進み出た。

「イセリナさんより話は聞いとるよ。あんたが、この国の王様の大野タダシさんか」

「そうだ。貴方がこの一団の代表か」

「そうじゃ。ワシはフロントライン公国の大鉱山より参った、この鉱夫や鍛冶師の集団の統領を務めとるオベロンじゃ」

「貴方は、少しバルカン様にも似ているな」

「王様は鍛冶の神様に会ったことがあるのか」

「バルカン様には直接教えてもらったよ」

「そりゃたまげたわい。ワシも、鍛冶の加護☆☆☆☆☆《ファイブスター》を持つドワーフの名工とは呼ばれておるが、直接神様の教えを受けたことはない」

「それでもオベロンさんは俺の大先輩だよ。ほら、俺は鍛冶の加護は☆一つしか持ってないから」

タダシは手の甲の星を見せる。

「なんと、これは星の数が多すぎじゃわい！」

「農業の加護☆☆☆☆☆☆☆《セブンスター》の他に、鍛冶の加護と英雄の加護を一つずつもらっているから」

「神に直接教えを受け、複数の加護を持つとは……にわかに信じられんことじゃが、ワシ自身バルカン様のお告げでこちらに来ておるから信じるしかない」

猫妖精《ケットシー》のシンクーと同じく、通常の最高ランクである☆☆☆☆☆《ファイブスター》ともなると、バルカン様より直接お告げを受けられるそうだ。

ありがたいことに、バルカン様はタダシの下に最高の職人を遣わしてくれたらしい。

「どのみち公国にはもういたくなかったんじゃ。辺獄は人が住めん所と言われておるが、もう一か八か賭けてみようと思っての」

「そんなに追い詰められているのか。オベロンさん達も、公国で酷い目に遭ったのか」

イセリナ達のことがあるので、タダシも公国にはいいイメージを持っていない。

「ワシらは戦争の武器を作ることができるからそこまで酷い目には遭っておらんのじゃが、間近で近くの村のもんが虐げられているのを見ると虚しくなってな」

イセリナ達は人間じゃないから酷い目に遭わされたのかと思っていたのだが、亡命者の中には人間の鉱夫や鍛冶師もいる。

話を聞けば、同じ人間でもエルフや獣人と変わらず酷使されているという。

「公国はそんなに酷い状況なのか」

「正直、もう公国は先がない。かといって魔族に支配されるのもたまらんわい。どうかお頼み申す、ワシらをここに受け入れてはくれんか」

「わかった。幸いなことに、ここは土地が余っているから自由に住んでいいよ」

行きがかりで王を引き受けたタダシではあるが、辺獄は誰のものでもないと思っている。

望む人がみんな自由に住める国としたいし、王としてそのための手助けをしていこうと思っている。

「しかし、自由にと言われてもワシらは鉱物がないと生きておれん。鍛冶が生きがいじゃから」

「それはよかった。ここの山は面白い鉱物があるんだ」

「魔鉱石のことじゃろ。もちろん存在自体は知っておるが、燃やしても溶けんしあまりに硬すぎて加工ができん」

「それが、北の森で取れる魔木を延々と燃やせば、魔鉱石が融解するまで温度を上げられるんだよ」

そう聞いて、オベロンは目玉が飛び出るほど驚く。

「なな、なんと！　魔木が燃えるじゃと。そうか、そういうことじゃったのか」

タダシが来るまで辺獄は猛毒の川が流れ、魔獣が徘徊《はいかい》する大魔境であった。

それゆえ魔鉱石も魔木も、超希少な物質で研究が進んでいなかったのだ。

「これが、それでできた魔鋼鉄の鍬《くわ》だ」

「この青い金属がそうなのか。これは、伝説の金属オリハルコンの輝きを思わせる光沢じゃ。少しでもいいから、それを触らせてくれ！」

わなわなと震える手で、魔鋼鉄の鍬を受け取るオベロン。

「魔鋼鉄なら、俺も自分で作ったのがあるからこれを詳しく調べるといい」

ドサドサと、マジックバッグから取り出すとオベロンは魔鋼鉄の地金に飛びついて頬ずりした。

「おお、これほどのものがこんなに！」

「ほとんど素人の俺でも加工できたんだから、オベロン達ならもっといいものが作れると思うぞ」

さっそく工具を取り出して、何やらガチガチと調べだしている。

「ミスリルの工具ですら全く歯が立たないとは、これだけの硬さの金属があれば工具や部品に革命が起きるぞ。こんな素晴らしい金属に恵まれて、なんという幸せか！」

「木や食糧なら俺がいくらでも生産するから、オベロン達はそこの山に鉱山村を作って生活するといいんじゃないかな。魔鉱石の山を掘っていくと宝石も出るみたいだぞ」

魔鋼鉄のつるはしがあれば、魔鉱石は掘り進めることができるから大丈夫だろう。

「魔鋼鉄の製造法に加えて宝石が取れることまで、そんな重大な秘密をワシらに教えてしまっていいのか！」

「これもバルカン様の導きなのだろう。それに、オベロンさんは信じるに足る男だと思った」

ドワーフの名工オベロンは、その場に跪いて涙を流し始めた。

「なんと言う度量《どりょう》の広い王様じゃ！　そこまで見込まれてはワシも誓おう！　この両腕は、生涯タダシ王のために使おうぞ！」

「大げさだな。オベロンさん達は大先輩なんだから、むしろ俺の方が物作りを教えてほしいくらいだよ」

オベロンは泣きながらガバっと立ち上がった。

「聞いたか皆の衆！　王様はワシらに教えを請うと言ったぞ！」

後ろで聞いていた皆から「聞いた！」と声が上がった。

「この謙虚さこそが本当の王じゃ！　タダシ王のために腕が振るえんような職人はおらんよな！」

皆から「おるわけがない！」と言う声が上がる。

なんだか知らないが、話はまとまったようだ。

「そうか。じゃあ早速、鉱山村を作ってみんなが落ち着ける場所を作ろう。これからよろしく頼む」

「タダシ王、こちらこそよろしく頼みます！」

辺獄の王タダシとドワーフの名工オベロンは、固い握手を交わすのだった。

35. 国防会議

北にはオベロン達のドワーフの鉱山村ができ、それに食糧を供給する人間の村ができ、南にはカンバル諸島からの移住者が増え続けて人口はついに一万人を突破した。

猫妖精《ケットシー》のシンクー達は、川向こうに好条件の湾を見つけて国際貿易港を作る準備を始めている。

そして各所の開拓地の中央となる川沿いに、王国の拠点となる砦を築くこととなった。

今はタダシの住む屋敷と小さな砦があるだけだが、いずれタダシ王国の中心となる王城とするため急ピッチで工事が進んでいる。

その王城予定地の砦で、各地の代表者達が集まり今後の会議を開いていた。

会議の席では、早速タダシが育てたコーヒーが振る舞われて湯気を立てている。

「今後の交易の予定ですがニャ。宝石と食糧は輸出に出してもいいですニャが、魔鋼鉄に関しては外に出すのを禁じるべきですニャ」

シンクーにそう言われて、美味しそうにコーヒーを飲んでいたタダシが尋ねる。

「魔鋼鉄もいい売り物になりそうなんだけど、それはどうしてだい？」

「もちろん、今後の公国との戦争に備えてだニャ。魔鋼鉄の武器は我が国の最高のアドバンテージになるニャ」

それに、島の女王であったイセリナが不安そうに口を挟む。

「公国との戦争ですか？」

「相手の民をこれだけ流入させたら事実上の宣戦布告ニャ。だから、いずれそうなるニャ」

「でも、私達島のエルフと獣人は、怪しまれないためにきちんと税を納めてから島を後にしてます。また、辺獄は猛毒の川が流れる危険地帯だという風評があるため、公国は気が付かないと思うのですが」

そう言うイセリナに、シンクーはチッチッチと指を横に振るう。

「イセリナさんは考えが甘すぎるニャ。カンバル諸島から完全に住人がいなくなった上に、今も北方からガンガン民が流出してるニャ。これで気が付かなきゃ公国首脳部は本物のバカニャ」

商人賢者シンクーの予想では、そろそろ公国から偵察くらいは来るだろうということだった。

「いきなり全軍で攻めてくる可能性はないかな」

タダシがそう言うと、シンクーは腕組みして考え込んでしまった。

「うーん、公国軍にも知恵者はいるからニャ、そこまでバカではないと思うんニャけど……」

「可能性があるなら備えはいるだろう。できれば国同士の話し合いで解決できるといいんだけど」

「色んな可能性を考慮して、とりあえずこちらも偵察を密にして、あらかじめ迎え撃つ作戦を立てておきますニャ」

「助かるよ。軍事とか、俺はよくわからないから」

シンクーは、あんまり大きくはない胸を肉球でポンと叩いた。

「作戦は、この商人賢者シンクーに任せるニャ。我ら猫耳商会は、神に愛されし偉大なる王タダシ陛下に全財産ベットしたニャ！　フロントラインみたいな貧乏公国に負けてたまるかニャー！」

黙って聞いていたドワーフのオベロンも言う。

「公国軍がタダシ王国にちょっかいを出してくるなら、ワシらも王様のために全力で戦おう。武器の準備は任せてくれ」

慌てて、イセリナも言う。

「わ、私達、海エルフと島獣人も全力で戦いますよ。この前のようにはいきません」

「イセリナも助かる」

「はい！　私は戦闘の方はからっきしですが、エリクサーを全力で大増産しておきます。怪我人が出てもへっちゃらですよ」

「ありがとうイセリナ。では俺も、更にエリシア草の増産に励もう」

張り切っているイセリナに、シンクーが言う。

「イセリナさん。最初に襲われるとしたら、海に近いエルフの漁村ニャ」

「えっ、私達の村ですか⁉」

びっくりするイセリナの横で、苦そうな顔をしてコーヒーに砂糖をスプーンで溶けきれないほどに入れて飲んでいた獣人の勇者エリンが言う。

「大丈夫だよ、イセリナ。そのために、勇者のボクがいる」

「獣人の勇者エリンさんは、英雄の加護☆☆☆☆《フォースター》でしたかニャ。頼もしい限りですニャ」

そのシンクーの口調は、ちょっと皮肉めいている。

暗に、自分はエリンよりも賢い知恵の神の加護☆☆☆☆☆《ファイブスター》を与えられた商人賢者だぞと言っているようにも聞こえる。

「ボクにも作戦があるから、猫妖精《ケットシー》の助けはいらない」

「ほほう。そんないい作戦があるなら、ぜひうちにも聞かせて欲しいですニャア」

向かい合って座る二人の間に火花が散っている。

犬と猫、同じような獣人同士で逆に仲が良くないのだろうか。

「公国軍が来るなら、ボクにだって晴らしたい遺恨《いこん》はある」

「それは構いませんが、全体の作戦は陛下よりうちに任せていただいたんですニャぞ」

そう言えばタダシの目から見るとシンクーとエリンは、ちょっとキャラが被っているようにも見える。

ケットシーの側から言わせると、自分達は猫妖精でむしろエルフやドワーフに近い種族なので、人族に近い犬獣人と一緒にしてくれるなという感じらしい。

若干険悪な空気の二人がタダシの方を見てくるので、仕方なく割って入る。

「まあまあ、二人とも頼もしいじゃないか。どちらの活躍も期待しているよ」

「ご主人様がそう言うなら、ボクは頑張るよ」

作戦参謀を自負するシンクーが最後に話をまとめる。

「おっほん。公国軍は魔王軍に匹敵するだけの兵力を有していますニャ。その兵力は、総数で二万とも三万とも言われておりますニャ」

「単純計算で、うちの国の全住民の二倍から三倍の兵力を持ってるってことか」

「魔王国とも戦争している状態で、公国がその全てをこちらに展開することは物理的に不可能なはずですニャが、先程のタダシ陛下の言葉で目が覚めましたニャ。万が一にも、敵が想像を絶する脳筋おバカな可能性も考えておくべきニャ」

「人間というのは、時に非合理的になる生き物でもあるからな」

「ご賢察ニャ。もし公国軍が全力でくれば厳しい戦いになることは確かですニャ。だから最後はタダシ陛下のお力にかかっていると、うちは思ってるですニャ」

「俺の力？」

「はい、陛下の力は神々を地上に降臨させ、この辺獄全てを浄化するほどだと聞いてますニャ」

「自分にその全てが使いこなせているとも思えないし、戦いに使えるような力なのかはわからないけどね」

「タダシ陛下。どうぞお心を広くお持ちくださいニャ。土地を富ませるその力は、きっと強力な武器にもなるはずですニャ」

「そうか。よく考えてみるよ」

人を傷つける戦いは気乗りしないが、皆を守るためならば全力を尽くす。

タダシはもう、民を守る国王なのだから。

36. タダシ王国の存在が発覚する

フロントライン公国軍総帥マチルダは、センチュリー城の執務室に幕僚《ばくりょう》を集めて、ドン！　と机を叩いた。

「我が国の生命線である大鉱山が稼働停止だと！　どういうことなんだ！」

周りの貴族達、特に鉱山大臣ベアニスの顔が青くなっている。

広い額の汗を必死に拭きながら、ベアニスは説明する。

「鉱山を稼働させる労働者達が、次々と消えてしまいまして」

「だからどうしてそうなったかと言っている。当面は在庫で賄うにしても、新しい武器の供給がなければ、公国軍はいずれ破綻するではないか！」

そこにバタンと扉が開いて、美味しいキノコの匂いが漂ってきた。

「なんだオージンか、のんびりキノコなんか焼いてる場合か！　美味そうだな！」

「美味そうではなく、美味いんですよ。ぜひ一つ食べてみてください」

老賢者オージンが持ってきた七輪《しちりん》の上で焼かれているいかにも美味そうなハタケシメジを、パクリと一口でいくマチルダ。

「もぐもぐ、んぐっ。なんだこのキノコは、口の中でサクッとほぐれて美味いにも程がある。しかし、今は炉端焼きなんかやってる場合ではない！」

「今回の事態に関係があるから持ってきたんですよ。このキノコは、カンバル諸島で納められた食糧のなかに混じっていたものです」

「カンバル諸島ではこんな美味いキノコが育つのか」

「いいえ、カンバル諸島にこのようなキノコは生えません。また、育たないはずの椎の実なども多数納められていました」

「話が見えん。どういうことだ。これと大鉱山が稼働停止したのと何の関係がある」

「だから対策を講じようと何度も上申したはずですが、マチルダ閣下が放置したせいで、ついにカンバル諸島には誰もいなくなってしまいました」

「島はただの奇襲作戦の経由地なのだから、どうなろうと問題はないだろうと言ったはずだ」

「大鉱山からドワーフなどの労働者が消えてしまったのも同じ原因です。つまり、豊富に食糧を分け与えてくれる国に民が流れていったということですよ」

「豊富な食糧だと、そんな夢のような土地があるわけないだろう！」

この辺りにも比較的豊かな穀倉地帯は存在するが、魔王国と公国のどちらかに所属している。誰にも顧みられない廃地ならともかく、豊富に食糧がある土地など存在するわけがない。

「これまでなかったというべきでしょうか。調査した結果、辺獄に新しい王国ができたとの報告があったのです」

「辺獄？　あの神に見捨てられた土地か。地獄のような場所だと聞いているが」

「そこが生産王なる人物によって開墾《かいこん》され、実り豊かな王国に変わったという噂が流れております。消えていった民は、我が国を捨ててそこへ亡命したのです」

「愚かな流言だ。辺獄に行くなど自殺行為だぞ」

「私はそうは思いませんね。先程マチルダ閣下も口にされたはずです」

「この美味いキノコのことか」

そう言いながらもぐもぐと全部食べてしまうマチルダ。

周りの貴族達が、自分も食べたかったなと恨めしそうな顔をしている。

「そうです。言葉だけではなく現物がそこにあるとき、それを否定なさる方が愚かというもの」

「耳が痛いな。大事な魔王国への反攻作戦を前にして、このような事態が起きるとは。誰か対処する方策はないか！」

閣僚の貴族達は、みんな押し黙っている。

そこに、部屋の外から声が上がった。

「団長さんよぉ。俺が行ってそんな国ぶっ潰してきてやってもいいぜ」

くすんだ金髪の、鋭い目つきをした狂犬のような男が入り込んできた。

「なんだ、卿か……」

マチルダは嫌な顔をする。

そんな顔をされても動じずに、肩に禍々しい漆黒の魔剣を構えてチンピラのようなニヤニヤ笑いを浮かべている。

柄が悪いにも程があるが、グラハムは天星騎士団の副団長で下級貴族でもある。

魔剣のグラハム。またの名を虐殺騎士グラハム。

英雄の加護☆☆☆☆《フォースター》であり、マチルダを除けば最強の騎士である。

高い地位をまごうことなき実力で手に入れた男だ。

だが、グラハムが勇者と呼ばれないわけは、そのやり口があまりに残忍だからだ。

虐殺騎士グラハムといえば魔族でも震え上がるほど。

「グラハムを送るなどとんでもない！」

「なんだよ爺さん。団長は忙しいからよぉ、俺がちっと行って片付けてこようってだけの話じゃねえか」

「では、卿に頼もうか」

「とんでもない！　マチルダ様、こやつがカンバル諸島の戦いで何をやったかを思い出してください」

もともと、力を見せつけて降伏させるための戦いだったのを、グラハムの百人隊は勝手に襲撃して獣人の村を一つ焼き滅ぼしたのだ。

どれほど強い男だろうと、命令違反は咎められてしかるべきだ。

下手をすれば、オージンの考えていた外交交渉はめちゃくちゃになるところだった。

「しかし、私は作戦の準備に忙しい。グラハムの隊が行ってくれるというのならば、好都合ではないか」

「へへ、団長は物分かりが早くていいぜ。必ずやご期待に答えてみせます。あと軍船を十隻ほどお借りできますかな」

「好きにせよ」

「マチルダ様！　では、私も外交官として一緒に同行させてください。相手の国の情報がわからないのにいきなり攻撃を仕掛けるなど言語道断です！」

「オージン。そなたは、魔王軍との戦いの準備があろう」

「しかし、グラハム隊に勝手を許せば、作らなくてもいい敵を作ることになりかねない」

そう叫ぶオージンの肩をぐわっと抱き寄せて、馴れ馴れしく抱いてくるグラハム。

「固えこと言うなよ爺さんよ」

「さわるな下郎め！　私の目の黒いうちは、お前の好きにはさせんぞ虐殺騎士グラハム！」

「心配すんなって、俺もバカじゃねえよ。俺を高く買ってくれるマチルダ団長の顔を潰したりはしねえ」

「どうだかな！」

「やるべきことはわかってる。俺が出るのは強行偵察も兼ねてのことだ。ですよね団長？　ちゃんと辺獄の情報を収集してくる、そのための天星騎士団だ」

わざとらしいニヤニヤ笑いを止めて、真顔でオージンの懸念に反論するグラハム。

「オージン。私がグラハム隊に任せると決めたのだ」

「閣下、しかし……」

「グラハム卿、辺獄にできた王国とやらの正体を必ずや見定めてこい。場合によっては戦闘行動も許す」

「さすが団長だ、話がわかるぜ」

「閣下！」

「オージンの心配もわかるが、部下に機会を与えてやらんとな。今回は私を失望させるなよ、グラハム卿」

「それはもちろん。このグラハム、必ずやご期待に答えてみせます」

久しぶりの戦闘の予感に喜びを抑えきれない魔剣のグラハムは、わざとらしくバカ丁寧に騎士の敬礼をしてみせるのだった。

37. グラハム隊突入

百人の騎士と雑兵を乗せて、十隻の軍船が辺獄の海岸へと近づいていく。

「グラハム副団長、やっぱり噂通りでゲシたねえ」

腕を組んで軍船の先頭に立つグラハムに、部下が話しかける。

誇りある天星騎士団とはいえ、虐殺騎士グラハムの部下は素行の悪い連中が揃っている。

相手が敵対する魔族や亜人種ならば何をやっても許される。

略奪、暴行、なんでもござれのならず者揃いだ。

「ああ、エルフや獣人どもは島からこっちに流れて来てたってわけだな。俺達から逃げ切れると思ったら大間違いだ」

漁村が豊かなのは、間近に見ればすぐわかる。

辺獄の海岸線に、グラハム達の餌食《えじき》となるであろう可愛いカモどもがびっしり巣を構えている。

「ケケケッ、こりゃまたいい稼ぎになりそうだ」

村ごと焼き払って略奪すれば、どれほどの金になるか。

謹厳実直なマチルダ団長の手前できなかった奴隷狩りも、今回はたっぷりとできる。

エルフや獣人の娘を乱取りして慰み者にしてやるのもいい。

グラハムの部下達はいやらしい笑いを浮かべて、すでに頭の中はそれでいっぱいになっている。

「お前ら、略奪はいいが仕事はきっちりしろよ」

「へい、それはもちろん……」

副長格の小隊長ガンズの顔が気に入らなくて、グラハムはその首を片手で持ち上げた。

それだけで鎧を着た大柄な騎士の身体が宙に浮き、足をバタバタさせる。

凄まじい膂力《りょりょく》だった。

「わかってねえだろうが、ガンズ！　未知の領域の上に未知の敵だぞ。どんな罠が待ってるかわかんねえのに、なめた顔してんじゃねえぞ！」

「ぐるじい！　ゲホ、ゲハ！　わがって、おりやず！」

「いいやテメエはわかってねえ！　敵地の情報を集めるのが俺らの仕事だ！　それがきちっとできねえと、公国軍の看板背負って稼ぎもできねえんだよ。お楽しみは仕事が終わった後だ」

「き、き、肝に銘じるでゲス！」

顔を真っ青にさせて半泣きで悲鳴を上げるガンズがそう言うと、船の上に叩きつけた。

「わかればいい。すまなかったな」

暴力を振るった後のグラハムは、やけに優しい声色で倒れたガンズの手を取ってやる。

副長格の騎士ガンズでもこの扱いだ。弛緩《しかん》していた兵士達の空気がビリっと引き締まった。

「こちらこそ、気の抜けたことを申してすみませんでゲス。おめえら、敵地に突入するんだ、気合い入れていくぞ！」

ガンズの必死の叫びに、騎士達は「応！」と叫ぶ。

こうして、意気揚々と島に乗り込んだグラハム隊は、辺りの漁村を偵察する。

しかし、人っ子一人いない。

各小隊が馬に乗ってあたりを捜索したが、近隣の複数の漁村には誰もいなかった。

「いねえな」

「こっちも村はあっても人は見えずデゲし。島のエルフや獣人どもはどこに行きやがったんでしょうかねえ」

再び最初に上陸した村に集合したところで、異変が起こる。

「なんだありゃ！」

ガンズが叫び声を上げて指差した方向からドドドドドッと土煙を上げて突っ込んできたのは、魔牛の群れであった。

完全なる奇襲。

しかし、グラハムはこれでも平民から天星騎士団の副団長まで上り詰めた男だ。

その対応は早い。

「散開しろ！」

直線的に突っ込んでくる魔牛の群れに、すぐさま散開を指示する。

騎士達は馬に飛び乗り、兵士は必死に駆けて猛牛の突撃を回避した。

「ぎゃぁあああ！」

油断していた兵士が数名轢《ひ》き潰されたが、上陸前にグラハムが気合を入れたことが功を奏して犠牲は少なかった。

しかし、これは意図された攻撃だとグラハムは察知した。

「クソッ、敵に魔獣使いでもいるのかよ。おい、迂闊《うかつ》だぞ！」

「ぐぁああ！」

副長格のガンズが、飛び込んできた魔鶏を倒そうとして、鋼鉄より硬い嘴《くちばし》と牙で腕ごと鎧を打ち砕かれて後ろに吹き飛ばされた。

このままではガンズが殺られる。

グラハムは舌打ちしながら、腰の魔剣を引き抜いて魔鶏の首を落とした。

「だから、敵をなめるなって言ってんじゃねえかガンズ！」

「た、ただの鶏ふぜえが俺の腕を！」

なまじ腕に自信があるからこそ、こうなるのだ。

利き腕をやられたガンズはもう戦力にならない。

「バカが！　お前らも、姿に惑わされるな！　こいつら、ただのでけえ動物じゃねえぞ。魔牛と魔鶏は凶悪なAランクの魔獣だ。必ず五人一組で当たれ！」

そこはグラハム隊もただの野盗ではなく、日夜厳しい連携戦闘の訓練を積んでいる公国軍の騎士隊だ。

きちんとグラハムの指示があり、態勢さえ整えれば大型の魔獣の群れとも戦える。

しかし、ざっと敵の数を確認してグラハムはひとりごちる。

「だが、厳しいか」

再び漆黒の魔剣を一閃して魔牛の胴体を一刀両断するが、それでも数が減らない。

ざっと見て、魔牛が三十匹に魔鶏も六十羽もいる。

それに対して、グラハム隊の数はたかが騎士百名に雑兵が五十名程度。

部下に弱いところは見せられないが、これで本当に勝てるかと内心で冷や汗をかく。

漆黒の魔剣を振るい凶暴な魔獣を次々と死肉に変えながら、頭は冷えているグラハムは状況次第で部下を犠牲にして撤退することも考えなくてはならないと思考する。

「ガンズのことは言えねえか。辺獄ってあたりで警戒しとくべきだった。この俺としたことが、迂闊すぎたぜ」

辺獄に上陸してすぐに、公国軍でも精鋭のはずのグラハム隊が壊滅の危機にまで追い込まれていた。

38. エリンの敵討ち

虐殺騎士グラハム達が攻めてきたのは、すでに海岸線の偵察を密にしていたタダシ達には丸わかりであった。

そこですぐさま漁村からの避難を完了して、タダシやエリン達獣人の戦士達の出撃準備も整え、カモフラージュしている雑木林に潜んで敵を観察している。

「魔獣を使って騎士の数を減らすとは、エリンさんの作戦にしてはなかなかいいですニャア」

タダシの軍師役をやっている商人賢者のシンクーが、戦闘の興奮に猫の尻尾をブンブン振って言う。

「軍師役をやるのは初めてだと聞いたが、大した度胸だな、シンクー」

「この世界で商人なんかやってたら、血なまぐさいことは慣れっこになりますからニャー」

そういうものか。

タダシは初めて見る生の戦闘に戦々恐々としているのだが、あまり心配はいらないようだった。

なにせ家畜の魔獣をけしかけるだけで、敵の数がどんどん減っている。

「それにしても公国軍ってこんなに弱いのか？」

「ニャハハ、偉大なるタダシ陛下の軍にたかだか騎士百人程度で攻撃とは、甘く見られたものですニャー」

「そういや、エリンはどうした。さっきから黙ったままだが」

シンクーに煽られたらいつも口ケンカしているのに、今日のエリンはずっと押し黙ったままだ。

「……ねえ、ご主人、あいつらはボク達にやらせてよ」

「攻めたいってことか？」

「あいつら、ボク達の村を焼き、仲間を殺した奴らなんだよ！　絶対に逃さない！」

エリンの髪が総毛立っている。

「ま、待て、落ち着けエリン。シンクー、どう思う？」

「大丈夫じゃないですかニャ。みんなドワーフの名工が鍛えた魔鋼鉄の武器を持ってるんですニャから、そうそう死なないでしょうニャア」

即死以外の怪我なら、イセリナが在庫を山積みにしている万能薬エリクサーで治療できる。

真剣なエリンは、タダシにすがりついて懇願《こんがん》する。

「ねえご主人様、お願いだよ。あいつ、あのままじゃ逃げちゃうよ」

「そういう感じなのか」

「うん、お願い。今しかないんだ。やらせてくれたら、お嫁さんになってあげるから！」

「ええ、今それを言うのかよ」

「早く！」

「わかった。じゃあ、攻撃を許可するが無理は……」

……するなよ。

そうタダシが言う前に、ビュンッと音を立てて飛び出していった。

誰も反応できない速度だった。

獣人の戦士達千人が飛び出していった勇者エリンを追いかけて、手に魔鋼鉄の武器を構えて
「うぉおおお！」と突撃していった。

「エリン達は大丈夫かな。まあしかし、魔獣を使うのはここらが潮時か。全滅しちゃうと明日のミルクや卵にも困るから、クルル、魔獣達に指示を頼む」

「グルルル！」

タダシとクルルは、グラハム隊と相打ちになっていた魔牛や魔鶏達をいい頃合いで引かせる。

だいぶ家畜が殺されてしまって、替わりに牛肉と鶏肉が手に入る。

これは、しばらく焼肉パーティーだなとタダシは思うのだった。


一方――。

飛び出してきた獣人戦士隊千人を見て、グラハムは無言で踵《きびす》を返す。

撤退の指示は出さない。

すでに、ここは死地だ。

この状況で後《おく》れを取るものは、殿《しんがり》として犠牲にすると決めた。

天星騎士団の副団長であるグラハムが生き残れるならば、他の全員が死んだとしても無駄死にではない。

用意周到なグラハムは、一隻だけすぐさま退避できる準備を整えさせておいた。

生き残りさえすれば、いくらでも反撃の機会はある。

だが、軍船に向かって脱兎の如く逃げ出そうとするグラハムに、凄まじいスピードで獣人の勇者エリンが立ちふさがる。

「虐殺騎士グラハム！」

「チッ、あの時の小娘勇者か！」

鋭く息を吐いたエリンが青く輝く剣を懐に突きこんでくる。

からくも、身体をくねらせて回避した。

一瞬だけ掠めたお互いの剣が、火花を散らす。

グラハムは相手の剣をへし折るつもりで魔剣を叩きつけるが、それを受けた小柄なエリンの身体はびくともしない。

「魔剣と互角に打ち合うだと。なんだよその奇っ怪な剣は、小癪《こしゃく》なメスガキ風情がぁよ！」

「貴様が、コーネルを！」

速い、そして重い斬撃。

この前までの小娘とはまるで違う。

エリンの放つ凄まじい切っ先を辛くも避け、受け流しながらグラハムの心は殺意を高めてどんどん冷たくなっていく。

荒れ狂う剣戟《けんげき》の雨の中で、こりゃ殺すしかねえなと思考する。

グラハムは気の強い女が好きだ。

後数年すりゃ、エリンもいい女になっていただろう。

先の戦いで仲間を目の前で殺されて、ピーピー泣いている姿はかなりそそられた。

しかも、こいつは自分よりも弱いくせに、獣人の勇者なんて呼ばれてやがる。

何が獣人の希望だ。何が勇者だ。

こいつらゴミどもにそんなものはいらない。

エリンには、それを絶対にわからせてやろうと思った。

そのうち無理やりベッドに組み敷いて、泣き叫ばせながら自分の立場を教えてやるのも楽しいかと思ったから、あの時はあえて仲間を甚振《いたぶ》って殺し、エリンは生かした。

しかし、今はグラハムの方が死地にいる。

命あっての物種、エリンのような上玉を殺すのはもったいねえが遊びは終わりだ。

「ふん、しゃーねえ。溶けて焼け死ね！　濃硫酸の刃《アシッドブラスト》！」

凄まじい勢いで濃硫酸の刃が幾重にも飛んでいく。

とても避けられるスピードではない。

これぞ、グラハムの奥の手。魔剣アシッドの異能の力、アシッドブラスト。

可愛らしい犬耳勇者エリンは、無残にも濃硫酸の刃に切り刻まれてドロドロに溶けた肉片へと変わる、はずだった。

ありえないスピードで、エリンの身体が横にブレた。

エリンの身体は残像を残して、アシッドブラストの射程の外にいた。

「なっ！　なぜ避けられる！　お前は一体何なんだ！」

「もう前のボクじゃないいんだよ。ご主人様のおかげで、ボクはもう英雄の加護☆☆☆☆《フォースター》の勇者なんだ！」

「ええい、アシッドぉおお！」

それでも、魔剣アシッドを構えて異能を繰り出そうとするグラハムに、エリンは全力の一撃を叩き込んだ。

「くどい！」

「折っただと！　かはっ！」

魔剣アシッドが折れるというありえない現実を前にした一瞬の隙。

それが、虐殺騎士グラハムの致命傷となった。

「コーネルの仇《かたき》だ！」

「うあああぁ！」

グラハムは胸に突き刺された刀身を掴み、凄まじい絶叫《ぜっきょう》とともに剣を引き抜こうとするが、深く突き刺された胸の傷はもはや致命傷。

これまで多くの人を甚振り、いたずらに命を奪ってきた虐殺騎士にそれがわからぬはずもない。

「お前は、ここで死ぬんだグラハム！」

「クソ、ガキ……」

もはや声も出ない。

青ざめた唇の動きだけで、貴様も道連れだと、グラハムが死に際に放った全力の濃硫酸《アシッドブラスト》の刃に、エリンの身体が焼き裂かれる。

それでも、エリンは腹の底から叫びながら、更に力を込めて剣を強く突き刺した。

折れた魔剣の力では相打ちには持ち込めずに、グラハムはついに事切れた。

そうして、本懐《ほんかい》を遂《と》げてその場に力尽きたように倒れ込むエリンを見つけて、タダシが慌ててやってくる。

「大丈夫か。エリン！」

「……ご主人様、ボクやったよお」

「ああ、よくやった。この戦いは俺達の勝ちだ。これ飲んでゆっくり休め」

撒き散らされた酸の海からエリンを救い出して、タダシはエリクサーをゆっくり飲ませる。

エリンがグラハムを討ち果たした時、獣人の戦士隊もグラハム隊に圧勝していた。

なにせ、騎士の鋼の剣も魔鋼鉄の武器の前には、あっという間に折れてしまうのだから戦いは一方的だった。

怪我をしてもエリクサーですぐ回復するので、もともと壊滅寸前だった敵の騎士はほとんどが怒りに震える獣人の戦士達に殺され、十数名は捕らえられてしまった。

39. 公国軍総帥マチルダ立つ

センチュリー城の執務室で老賢者オージンの報告を聞いて、マチルダは驚愕した。

「グラハム隊が壊滅したのは理解したが、本当にあの魔剣のグラハムが死んだのか？」

「はい、そのようです」

「殺しても死なないとはアイツのことを言うのだと思ったがな」

独断専行のきらいがあれど十倍の敵を相手にしても飄々《ひょうひょう》と立ち回り、戦果を上げてきたのがグラハム隊だ。

「それについては、私も予想外でした。辛くも一隻だけ逃げ延びた兵士達によると、辺獄の海岸に上陸するとすぐに百匹近い魔獣と獣人の千人の戦士隊による挟み撃ちを受けたようです」

「魔獣だと、辺獄の国とやらは魔獣を使うのか！」

悔しそうに机を叩くマチルダを、オージンは渋面のまま見つめて言う。

「相手を甘く見すぎましたな。詳しく事情を聞いてみたところ、使役されたのはAランクの魔獣である魔牛と魔鶏だそうです」

「Aランクといえば、魔族ですら使役は不可能と言われるレベルではないか！」

ようは、マチルダは辺獄をなめすぎていたのだ。

カンバル諸島の島獣人や海エルフの勢力を簡単に支配下に収められたため、所詮はその程度の勢力と高をくくった結果がこれだ。

「ともかく今必要なのは情報です。領内外を行き来する流民や商人から情報の収集を進めておりますが、辺獄にできたタダシ王国と呼ばれる国から手紙が届けられました」

マチルダは、オージンがかき集めた資料を入念に読み、手紙を読む。

その手紙には、捕らえた公国の騎士を十数名捕虜にしている。タダシ王国としては、その件も含めて公国の代表と話し合いがしたいとの提案が書かれていた。

怒りに震える手でぐしゃっと手紙を握りつぶすと、マチルダは立ち上がる。

「話し合いには私が行く」

「マチルダ閣下自らですか？」

オージンが訝《いぶか》しげな顔をした。

「これはすでに公国の代表たる私が動く重要案件となっている。騎士団長としても、捕虜となっている団員を見捨てるわけにはいかん。そうではないか？」

「かしこまりました。では準備をいたします」

「魔獣や獣人風情に、栄光ある天星騎士団が完膚《かんぷ》なきまでにやられるとは、事態を軽く見て部下に任せたのが間違いだった」

「しかし、閣下ご自身こそ軽々《けいけい》な行いは慎んでください。大事な反攻作戦の前なのですから、くれぐれも同じ過ちを繰り返さぬように」

「耳が痛いな。爺《じい》、私はもう叱られる子供ではないぞ」

オージンの痛烈な批判に、いつもは気を張っているマチルダが弱ったのか一瞬だけ昔の呼び名に戻った。

傅役《ふやく》として長らく仕えた老賢者にとってはいまだにお転婆な子供のようにみえるが、マチルダも二十五歳。

今や公国軍総帥として、公王代理を務める身分だ。

「マチルダ閣下はよくやっておられます。閣下がいてこそ、公国軍が成り立っている現状もあります。しかし、統治者たるもの時には立ち止まって事態を眺めることが必要な時もあります」

口には出さぬが、果断がすぎるのはかなり前に亡くなった母君のマルティナ様のご気性を継がれたのかとオージンは思う。

騎士の持ちたる国であるフロントライン公国の宿命とはいえ、あの方も騎士としては勇敢すぎて悲惨な最期を遂げられた。

「今は立ち止まっている余裕はない。出撃の準備は整った。予定通り、騎士二千と二万の兵団を公国からカンバル諸島へと進めよ。私は天星騎士団千名を率い、辺獄へと赴こう」

「もちろん、交渉には私も同行いたします」

あの時の悲劇は繰り返したくはない。

そのために自分がいるのだと、オージンは静かに決意を固める。

「オージンの好きにせよ」

天星騎士団団長の豪奢なマントを身にまとうと、颯爽《さっそう》とセンチュリー城の執務室を出ていくマチルダ。
ついに、公国軍総帥マチルダとともに公国の総軍が動き出した。

40. 外交交渉

天星騎士団千名を引き連れて、タダシ王国の南端にある港へとマチルダ率いる百隻の軍船が入港した。

「タダシ王国とやらは、こんな港まで作っているのか。どこにそんな金がある」

「あの知恵の神の加護☆☆☆☆☆《ファイブスター》を持つ商人賢者シンクーの猫耳商会がバックアップをしているそうです。シンクーはこの私以上の加護と魔力を持つ賢者。決して油断してはなりませんぞ」

大きな港から遠望する海岸線には、びっしりと豊かな畑や村々が広がり、豊かであることが窺《うかが》える。

こちらは威圧するために騎士団と軍船を並べているのに、タダシ王国の兵士は見当たらない。

それどころか、整備されつつある港は閑散としている。

物珍しげにタダシ王国を眺めるオージンとマチルダは、ボソボソと相談している。

「豊かな割に、軍事力はないに等しいな」

「軍事情報を秘匿《ひとく》するためやもしれません。タダシ王国は、辺獄の強大な魔獣を味方にしております。何度も言いますが、決して油断は……」

「耳にタコができるぞ、オージン。その程度のこと、私にもわかっている」

そこに、獣人やドワーフ、ケットシーなどに取り囲まれてやってきたのは、野良着を着た人間だった。

「やーどーも。貴方方が、公国の代表ですか」

亡命希望者が続出しているため、タダシは今日もそこで畑を耕し続けていたのだ。

「は、何だお前は」

「俺が、大野タダシです。本業は農家なんでこんな格好で失礼しますが、一応、この国の国王をさせてもらってます」

「農家だと⁉　お前のようなただの人間が、今回の事態を引き起こした原因だというのか。ふざけるのも大概にしろ」

困惑するマチルダに、オージンが耳打ちする。

「マチルダ様、あの男の手！」

「加護の星が、七つ、八つ、九つだと⁉」

マチルダ達の驚愕に気が付いて、右手をさすりながら言う。

「珍しいってよく言われますよ。俺は、農業の加護☆☆☆☆☆☆☆《セブンスター》に鍛冶と英雄の加護を星一つずつ持ってるんです」

「ば、バカげた話を。仮にも公王の代理であるこのマチルダ・フォン・フロントラインを愚弄《ぐろう》するつもりか！」

「マチルダ様。信じるべきかと思います」

「オージンまで何を言うか、農業の加護☆☆☆☆☆☆☆《セブンスター》に、複数の加護を持つというふざけた話を信じろと言うのか！」

　マチルダ自身、英雄の加護☆☆☆☆☆《ファイブスター》を持つ勇者だが、加護というものはそれ以上はありえないのだ。

　いや、タダシが転生するまでのアヴェスター世界においては、それはなかったと言うべきか。

「神に見捨てられし辺獄にこんな豊かな農業国ができるのは、それしかありえません。これまでにありえなかった農業神の加護であるならば説明が付きます」

「与太話にも程がある！」

「閣下。何度も申し上げましたが、どんなにありえないことでも、それでしか現実を説明できないならば、それが真実です」

「しかし！」

「現状が認識できないのであれば、外交は公王陛下に外務を任されている私が代わりましょう」

「グッ……わかった」

　こんな状況にもかかわらず、オージンは冷静だった。

　マチルダが混乱すればするほど、彼は後ろから冷静に物事を見極めなければという自制を働かせる。

「えっと、それで和平交渉はどうするんだっけ」

　タダシは、傍らにいる商人賢者シンクーに尋ねる。

「はいニャ。こちらの要望はシンプルだニャ。捕虜にしている騎士は、こっちはいらないので返すニャ。いきなり攻撃してきたのも不問に処すニャ。その代わり、我が国の存在を認めて干渉《かんしょう》してくれるニャ」

捕まった騎士十数人が連れてこられて、公国側に引き渡される。

そのシンクーの物言いに、マチルダは激昂する。

「ふざけるな！　こちらは領民を一万人も奪われているんだぞ！　先にこちらの経済に打撃を与えたのはそちらだと言っても過言ではあるまい」

「奪ったとは言いがかりニャ、みんな希望して亡命してきたのニャ。フロントライン公国の治世が悪いからこうなってるニャ」

「それは、タダシ王国とかいうふざけた国を公国が認めていれば、そういう言い逃れもできような」

「認めないつもりかニャ」

「ふん、だいたい王国というのが気に食わない。魔王軍と相対する軍事強国の我が国ですら、東の帝国や聖王国に遠慮して公国と名乗っているというのに、この程度の小国が独立王国を名乗るなど許されるはずもあるまい！」

「今更、国の名前なんかにこだわるかニャ」

「それが人の世の名分《めいぶん》というものだ。どうせ小賢しき猫妖精《ケットシー》のお前が、この異能の男を焚き付けて王に据えたのだろう。有名な猫耳商会の商人賢者シンクーとはいえ、所詮は獣風情に騎士の道理はわからぬか」

「ケットシーは猫妖精だニャ！　獣人じゃないニャ！」

なんだか、話が本筋から逸れてしまっている。

話がまとまらないと困るので、タダシも提案する。

「公国が欲しいのは食糧なのだろう。さすがにタダというわけにはいかないが、交易で安く食糧などを売ることはできる」

「ダメだな、ぜんぜんダメだ」

「じゃあ、公国は何を欲している」

「まず、我が国の民であるドワーフの職人達を返せ。獣人や、そこのエルフの姫も島に戻せ」

それには、亡命してきたドワーフを代表するオベロンが怒る。

「ワシらは、タダシ王の下に自分の意思で来たんじゃ。誰に仕えるかはワシらが自分で決める！」

エリンやイセリナも、タダシの手にすがって言う。

「公国の姫騎士、もうボク達を支配できると思うなよ！」

「私達は、タダシ様の妻になったんです。妻が夫の下にいるのは当然のこと！」

皆を見て、タダシは言う。

「公国軍のマチルダさんと言ったな。その提案は飲めない。みんな自分の意思でここに来たんだ！」

「そうであるなら、このタダシ王国とやらが属国になればいい。辺獄ごと我が公国の版図に入れば、魔王軍の脅威からも守ってやろう」

シンクーが激高する。

「そんな条件飲めるわけないニャ！　公国は最初から和平交渉する気がないのニャ。さっきから言ってることがむちゃくちゃニャ！」

「我が国の寛大な提案が飲めないとあらば仕方がない。帰るぞ、オージン」

さっさとマントを翻《ひるがえ》して軍船へと戻るマチルダに、オージンは慌てて言う。

「閣下、先程のはあまりにも」

「これでいいのだ、オージン。それより、この軍船ですぐさまカンバル諸島に行って軍勢を動かす手はずをせよ」

「はい？　魔王軍を攻めるのですか？」

「違う。今すぐ全軍をもって、タダシ王国を攻めるぞ」

「なんですと！　魔王国への反抗作戦の兵力をそのまま使うのですか⁉」

「一旦は交渉に応じて見せたのは、敵を油断させるための策略だ。まず私が率いる天星騎士団千名が、直ちにこの港を占拠する。オージンは、島から総軍を率いて海岸線に上陸して辺りの漁村を制圧しろ」

食糧が豊富な畑が広がっているのだから、兵士の補給は略奪で賄える。

攻めるのにこれほど適した土地はない。

「しかし、タダシ王国の実力は未知数です。敵の情報もわからないのに戦争を仕掛けるなどあまりにも戦《いくさ》の条理に反しております」

「だからこそやるのだ！　敵の総数はたかだか一万の民に小数の魔獣だ。たとえ商人賢者シンクーが味方についていようと、今なら勝てる。いや、今やるしかない！」

マチルダとて敵を甘く見ているつもりは毛頭ない。

タダシ王国を放置すれば、そのうちに公国ですら手に負えない強国となる。

一方、これ以上亡命者が増え続ければ公国はジリ貧になって弱っていくだけだ。

攻めるならば、今この時しかないという判断自体は、オージンにも理解はできる。

味方の老賢者オージンですら予想できなかったタイミングでの、電撃的なタダシ王国への奇襲。

確かに成功するかもしれない。

「いや、それでも賛同できません！　魔王国とタダシ王国を同時に敵に回す二正面作戦など、ただの博打ではありませんか！」

「そのためにもやるのだ。あの豊かな土地を見ただろう。あれさえ手に入れれば、軍団を二倍に増やすことも容易いぞ。魔王軍との戦いにもこれで勝てる！」

それはあくまで、タダシ王国の防衛がまだ整っていないという楽観的な予想によるものだ。

「閣下は、祖国の存亡を賽《さい》の目に頼るおつもりか……」

「賭けて悪いか！　どの道、魔王軍との戦いにも負け続けている我が国は、賭けなければ滅ぶところまで追い込まれているのだ。公国軍総帥として、天星騎士団団長として、そして公王代理として参謀長のオージンにタダシ王国奇襲作戦の遂行を命じる。逆らうならば、その地位をこの場で剥奪するぞ。他の幕僚に参謀長を任せて国に帰るがよい」

ここでお目付け役のオージンがいなくなれば、歯止めが利かなくなるだけだ。

「かしこまりました。閣下のご命令、謹んで拝命いたします」

厳しい顔でオージンは頭を下げて、軍船でカンバル諸島に向かい四百隻を超える軍船に騎士二千と、二万の歩兵を満載して海岸線の漁村に奇襲作戦を仕掛けた。

一方、マチルダは天星騎士団千名を率いて港をすぐさま攻撃。瞬く間に施設を占拠する。

全ての作戦は一両日中に行われ、初戦は公国軍の大勝利に終わった。

マチルダは、ここでさっさとタダシ達を捕らえて戦争を終わらせてしまおうと必死に探したが、不可思議なことに港にいたはずの彼らは忽然と姿を消してしまっていた。

41. 戦争勃発

海岸沿いの村々の占拠を終えて再び軍勢をまとめたオージンは、河口で騎士団をまとめて待機していたマチルダと落ち合う。

「閣下、海岸線の村々は全て占拠しました。途中、予想通り魔獣の攻撃に遭いましたが撃退しました」

やはり戦は数だ。

いくら強大な魔獣であっても、二万を超える軍勢に勝てるはずもない。

「さすがはオージン、見事な手際だ」

「村々には食糧も豊富にあり、これで補給も整いました。お味方大勝利です。ここまでにしてはいかがですか」

「ここまでとは？」

「魔獣以外の抵抗がなさすぎました。村の住人はおそらく内陸部へ避難しているのでしょう」

「これ以上攻めれば、敵の罠があると言うのか」

「ご賢察《けんさつ》のとおりです。この港にいたはずの敵の主だった指導者が捕らえられなかったのは、敵がこちらの奇襲を予想していたからです」

「オージンすら予想できなかった私の奇襲作戦を、敵が想定していたというのか？」

苦悶の表情でオージンはしたりと頷く。

「商人賢者シンクーを甘く見すぎましたな。物見の報告ではこの嘆きの川の中央部に、城が建っているということ。おそらく敵の本軍はそこに集結して待ち構えていると思われます」

「ならば、あの大野タダシとやらもそこにいるか。すぐに攻めるぞ」

「閣下！　こちらの奇襲作戦はすでに読まれております。敵はこちらの予想もしないような罠を張って待ち構えているのかもしれませんぞ」

「ここまでしておいて戦を止められるか。オージン、わからんか、辺獄の最大の宝はあの男よ」

「あの農業の加護☆☆☆☆☆☆☆《セブンスター》を持つ大野タダシですか？」

「この豊かな畑は、みんなあの男が作り出したものだ。あの男だけは絶対に生かして手に入れたい」

「それは、あまりにも危険すぎます！」

「なに、加護が勝ると言っても農業の加護ではないか。戦闘力があるわけではないだろう。タダシを捕らえて公国のために働かせてやろう。そうすれば、全ての問題が解決する」

英雄の加護も持っているとは言っていたが、たかが☆一つだ。

騎士国であるフロントライン公国では特に、農業や鍛冶の加護は低く見られている。

「それでも☆を九つ合わせ持つ男ですぞ。それに複数の加護を持つというのが気になります」

オージンが集めた風評では、直接神を降ろした真の王だなどという話も聞いた。

神に直接加護を与えられた者の中でも、その意に適った本当の救世主だけが起こせる奇跡だ。

そうであれば、とんでもない異能を持っているかもしれないし、恐ろしいマジックアイテムを所持している可能性もある。

複数の加護を持つことによる相乗効果はどうか？

やはり考えれば考えるほど、この戦争は深入りするリスクが高すぎる。

急に神に見捨てられた土地ではなくなった辺獄のことも、前代未聞の加護を持つ大野タダシの能力も、公国には何もわかっていないのだ。

「私は油断などしていないつもりだ。それ故に兵力を小出しにするような愚はもう犯さぬ。全兵力をもって、敵の城を囲み一気に攻め滅ぼしてくれようというのだ」

「閣下、私が特使としてタダシ王国と交渉してきます。今なら我々が勝っております。占領したこの豊かな土地を我がものとして兵を養い、魔王軍に勝利する。それで良いではありませんか！」

タダシ達にとっても魔王軍は厄介な敵のはずだ。

公国軍が彼らの代わりに戦うといえば、まだ交渉の余地はあるとオージンは考えていた。

しかし、その賢明な考えをマチルダは否定する。

「バカを言うな。敵の罠があると言ったのはお前ではないか、オージンを一人で行かせるわけにいくか」

「私が敵の罠にかかって死んだとすれば、それだけのこと。しかし……」

魔王国の脅威もあるこの状況で、もし公国軍の本軍が再編不可能な程の大打撃を受ければ、それはもう公国の滅びだ。

「そもそも罠などないかもしれないではないか。できたばかりの国に、そんな物を用意する時間はなかったはずだ」

「それは、あまりに自分に都合のいい考えというものです。そのような用兵をしてはいけないと、私はずっとお教えしてきたではありませんか！」

「今更教師面か。確かにオージンは私の師だが、戦は畢竟《ひっきょう》数で決するとも習ったぞ。どんな罠を張ろうと、敵にはその数がないのだ」

「それも希望的な推測にすぎません！」

「占領地を維持する小数の兵を残して、公国軍の全軍をもって川沿いにある城とやらを一気に落とす。これは決定事項だ！」

「ああ、どうかお待ちを！」

動き出した軍はもはや止まらない。

オージンの制止を振り切り、マチルダはついに公国軍の命運を決める選択をしてしまった。

42. タダシの秘策

公国軍の怒涛《どとう》の襲来。

これまでの公国の横暴さを見て、タダシはこうなることを半ば予想していた。

だからこそ、港には万が一に備えて急速離脱できる人数しかいなかったのだ。

「しかし、できれば予想は当たって欲しくはなかったなあ」

公国軍は、タダシ王国への侵略を続けている。

クルルにまたがって各地を強行偵察してきたエリンが叫ぶ。

「ご主人様、敵の総数は二万を超えてる。騎士もおそらく三千はいるよ」

「ああ、ここからでも見えるね」

それだけの軍勢を乗せた四百隻を超える軍船が、嘆きの川を上ってくる。

一方で、タダシの王城にいる軍勢は、接近戦が獣人の戦士隊が千名。

ドワーフや人間で構成された戦士隊が千名。

飛び道具を得意とする海エルフの弓隊が千名。

魔術を得意とする猫妖精《ケットシー》の部隊千名。

全て合わせても、たかだか四千程度の軍勢だ。

相手は、戦に慣れた五倍もの数の公国の大軍勢。

公国軍の情報は商人賢者シンクーが徹底的に検討して、作戦は練ってきた。

それでも必ず勝てる保証はないから、戦いの得意でない民衆は奥地に逃げてもらっている。

ここにいるのは、みんな国王であるタダシと運命をともにすることを選んだ人達だ。

正直、王城の防衛も心許ない。

「王城といっても、砦の周りに急場しのぎに魔鋼鉄の壁を張り巡らせただけだしな」

「さて、タダシ陛下。どうされますかニャ」

嘆きの川を遡《さかのぼ》る敵の大船団を見ても、商人賢者シンクーは動じずにタダシに尋ねる。

「前に言ってくれただろう。俺にもできることがあるって」

「はい、うちはタダシ陛下が必ず勝利されると信じておりますニャ」

タダシは、ずっと考えていた。

公国軍が全軍で攻めてきたとして、どうみんなを守ればいいかと。

そして、すでに敵を倒す覚悟は決めた。

これまでみんなで築いた村を、街を、王国を、横暴な人達に踏みにじらせることはできない。

「だから、俺にできることを今からやってみるだけだ」

これは戦争だ。

これからタダシは、非情の決断を下さなきゃならない。

「あ、タダシ陛下お待ちを」

敵が迫り来る川へと歩き出したタダシを、シンクーが呼び止める。

「ん？」

振り返ったタダシに、シンクーはチュッとキスをした。

「この戦いに勝ったら、うちもタダシ陛下のお嫁さんになってあげるニャン」

見事な決めポーズに、タダシは笑ってしまう。

「もしかして、それずっとやろうと狙ってた？」

「ニャハハ。前にエリンさんがやってたのを見て、うちもここが一番の美味しい見せ場じゃないかニャーと」

「うーん、でもキスと告白の順番が逆じゃないかな？」

「タダシ陛下の場合、先に既成事実を作っておけばノーと言えないニャ」

「さすが商人賢者、心を見透かしてくるね。ありがとう。おかげで少し気持ちがほぐれたよ。そのためにおどけて見せてくれたんだろう」

「ニャハハ、どうだかニャー」

「じゃあ、頑張ってくるよ」

これまでのことを思い出しながら、タダシは一歩一歩川へと進む。

海エルフのイセリナ、島獣人のエリン。ドワーフのオベロン、猫獣人《ケットシー》のシンクー。

縁があって集まり、こうしてタダシと共に戦ってくれる仲間達。

辺獄に来てから、ずっと一緒に成長してきたフェンリルのクルル。

そうして最後にタダシのために必死になって、生きる術を教えてくれた農業の神クロノス様の言葉を思い出す。

――ここは神の恵みから見捨てられた辺獄《へんごく》と呼ばれる巨大な半島じゃ。

――辺獄を流れる嘆きの川は猛毒に汚染されておる。まともな人間は住めんのう。

――農業の加護では、水や土壌を浄化することができる。

そう、タダシの加護の力で、人の住めなかった辺獄と猛毒に汚染された嘆きの川は浄化された。

それなら、逆もできるはずだ。

タダシには浄化できたのだから、当然ながらそれを元あった姿に戻すこともできる。

仲間を守るために、ついにタダシは全力を解放する。

それはこれから起こる地獄の惨劇に比べて、あまりにも静かな変化だった。

タダシが嘆きの川の水に手を触れると、川の水は見る見るうちに元通りのどす黒い濁水へと変わっていく。

そうして元通りになったのは、嘆きの川だけではなかった。

43. 終戦

四百隻を超える軍船の各所から悲鳴が上がる。

マチルダ達が船室から飛び出した時には、船の上は地獄と化していた。

「何事か！」

「それが、船底が次々と喰い破られて、ぎゃぁあああ！」

マチルダに報告していた兵士が、水面を跳ねて船に飛び込んで来たデビルサーモンに噛みつかれて、そのまま川の中へと引きずり込まれた。

「オージン、これは一体どうしたことか。なんだこの奇怪な化け物魚は」

再び水面から飛び込んできたデビルサーモンを、聖剣で斬り伏せるマチルダ。

その魚の死体を調べて、オージンが言う。

「嘆きの川に棲む、デビルサーモンという凶悪な魔魚です。そうか、嘆きの川が伝説の通りの姿に戻っていくのか」

「どうしてこんなことになった！」

「おそらく、これこそが大野タダシの力かと。たったそれだけのことで、我が軍は……ああ、どす黒い川から立ち上る臭気を吸ってはなりません。病に侵されますぞ！」

オージンはハンカチで口を押さえてそう言うが、すでに沈没している船もある。

猛毒の川に落ちた兵士は、たとえ運良くデビルサーモンに食われずに川岸にたどり着いても、もはや使い物になるまい。

「全軍、川岸に避難せよ！　陸ならどこでもいい！」

マチルダの命令で、鈍重な大船団がなんとか川岸にたどり着いて上陸した頃には、兵士の数は半数まで減っていた。

「槍兵第一大隊壊滅！　傷病者多数あり！　至急救援を！」

「弓兵第三大隊、半壊状態です！　どうかご指示を！」

伝令から次々と絶望的な報告が上がって来る。

生きて岸までたどり着いた者も、その多くが猛毒に侵されて全軍の大部分が戦闘不能に陥っている。

「閣下、残念ですがここまでです」

暗い顔で言うオージンに、マチルダが叫んだ。

「ならん！　このまま敵に後ろを見せられるわけがあるまい。行くぞオージン。まだ戦は終わっていないのだから！」

「あ、どこへ行かれますか！」

マチルダは豪奢なマントを翻して白馬に飛び乗ると、待ち構えるタダシの軍に向かって、お供の騎士を率いて駆けていく。

シャキンと、腰の聖剣を引き抜く。

「大野タダシよ、この公国の勇者たる私に本気を出させたことを後悔するがよい！　天駆ける星よ、我に仇なす敵に滅びを、天星の剣《シューティングスター》！」

これぞ公国の勇者の聖剣・天星の剣《シューティングスター》が巻き起こす異能、シューティングスター。

魔王軍への反攻作戦のための虎の子だが、もはや出し惜しみはなしだ。

劣勢となった公国軍を何度も救ってきた、究極の秘義である。

急に暗くなった空から、流星群がタダシの軍勢に向かって落ちてくる。

「これはいかんニャ！　知恵の神ミヤ様、どうかうちにお力を！　絶対無比の空絶《アブソリュート・フィールド》」

猫耳の商人賢者シンクーが、青い猫毛を逆立てて全力魔法で魔法障壁を打ち上げるが、いくつか星を消し飛ばしただけで全く手数が足りない。

落ちてくる流星の数が多すぎるのだ。

「アハハハッ、いかに商人賢者シンクーといえども、落ちてくる星の全ては止められまい！　私はこの日のために半年神聖力を溜め続けたのだぞ！　聖剣・天星の剣《シューティングスター》の力は無敵だ！」

「こんな荒業、むちゃくちゃすぎるニャ！」

大規模質量攻撃はさすがに反則だろう。

凄まじい光景に、暗くなった空を見上げてタダシも冷や汗をかいていた。

隕石落としか。あんな物に当たったら、いくら城の壁が魔鋼鉄でもひとたまりもない。

どれほどの犠牲が出るか、想像もできない。

「クルル！」

タダシが呼ぶと、フェンリルのクルルが駆けてきた。

クルルに飛び乗って隕石に向かってひた走る。

「タダシ王、新作の鍬《くわ》じゃ！」

ドワーフの名工オベロンが、農業の加護☆☆☆☆☆《セブンスター》を持つタダシにふさわしい青白く輝く魔鋼鉄の鍬を投げる。

バシッと鍬を受け取ったタダシは、天に向って全力で叫ぶ。

ぶっつけ本番。先程シンクーがやっていた要領で、タダシもやるのだ。

果たしてできるか⁉　いやここはタダシがやるしかない‼

「頼みますクロノス様！　俺にあの星を耕す力をください！　流星破壊農家砲《スターバースト・ディグアップショット》！」

タダシがそう叫んで、鍬を振り上げると一直線に天に向かってドチュゥウウウン！　と青白いビームが飛び、落ちてきた流れ星が一つ消し飛んだ。

「なんだと！」

「まだ足りないのか！　それならば！　流星破壊拡散農家砲《スターバースト・ディフュージョンディグアップショット》‼」

ブンブンと振り回されるタダシの鍬に莫大な神聖力が発生し、それを一気に放出！

天空へと拡散するビームが放たれた！

ピュキューン！　バシューン！　ズゴォオオオオオオオオオオン！

タダシのイメージするままに鍬から出るビームが流星を砕いていく、まるでその光景は宇宙戦争だ。

地上から放たれる青白いビームと、赤色に輝く流星が激突し、星が粉々に砕け散る輝きで、空はキラキラと彩られた。

マチルダの目の前で、タダシ王国の軍勢を打ち砕くはずだった流れ星が次々と爆散消滅していく。

やがて、全ての流れ星が空から消失した。

公国の最後の希望、聖剣・天星《シューティングスター》の剣の異能が、完膚なきまでに打ち砕かれた。

しかも、青く輝く鍬の力で……。

最後の切り札を農機具で打ち破られたマチルダは、もはや茫然自失《ぼうぜんじしつ》とするしかなかった。

しんと静まり返った戦場で、マチルダはようやく叫ぶ。

「な、何が起こったのだ。誰か説明してくれ！」

その声に、フェンリルにまたがりマチルダの下まで星を撃ち砕きながら駆けてきたタダシ自らが答える。

「落ちてきた星を耕しただけだ。表面を削れば小さくなった星は断熱圧縮の熱で燃え尽きる。さすがに、成層圏の更に上までディグアップショットを届かせるのは大変だったけどな」

タダシの言っている説明が、マチルダはもとより誰にも理解できない。

こんな理不尽なことがあるかと、マチルダは力の限り絶叫した。

「一体何なんだ！　お前は一体何者なんだ！」

「俺は大野タダシ！　農家だ！」

神技を成功させて興奮状態にあるタダシは、バシッと黒歴史になりそうなカッコいいセリフを決めてしまった。

クルルも、見たかうちのご主人様の神技と得意げに「ぐるるるるっ！」と吠える。

そこで、ようやく後ろから転がるように駆けてきたオージンが間に合った。

「大野タダシ殿！　どうか、降伏させていただきたい！　こちらから攻めかけてこう申すは図々しいのも百も承知。そちらの条件は全て飲む！　私の首を捧げてもいい！」

「何を言うかオージン！　まだ戦いは」

怒りに顔を真っ赤にしたオージンは、そのままマチルダの輝く巻き髪ごと頭を鷲掴みにして、ぐわっと後ろを向かせる。

そこには、猛毒の川の被害で壊滅状態の公国軍二万三千の将兵がいた。

「この惨状をよく見てみろ、この愚か者が！　これがお前が為したことの結果ぞ！　戦いなどすでに負けておるわ！」

「オージン何をするか、無礼であるぞ！」

マチルダは暴れるが、オージンは決してその手を離さない。

「この期に及んでまだわからないのか！　すでに公国軍将兵の半数が死に絶えようとしている！　多くの者が病に侵されている！　全ては功を焦ったお前のせいなのだぞ！」

「わ、私は国のために必死で戦って！」

その言葉を聞いて、オージンはもはや怒りを通り越して悔し涙を流す。

「これが国のためだと、この救いようのないバカ娘が！　タダシ王は、辺獄を元の荒れ果てた土地に戻すこともできる。大事な将兵を殺し、荒れ果てた土地を手に入れて一体どうするつもりなのだ！」

公国の勇者であるマチルダが、齢《よわい》五十八にもなる老賢者に気迫で負けていた。

タダシにその力があるとわかった時点で、公国の戦争目的は水泡《すいほう》に帰したと言っていい。

それを即座に理解できないマチルダは愚かなのだ。

将兵の命を預かる軍のトップとして、その愚かさは万死に値する。

そこにタダシが言う。

「戦闘を止めると約束してくれるなら、川を元に戻しましょう。今ならまだ助けられるはずです。猛毒に侵された兵士も、こちらで治療しますよ」

「え、タダシ様。あんな奴らのために、エリクサーを使うんですか」

公国の人間に不信感を持つイセリナが、訝《いぶか》しげに言う。

「ああ、こちらを攻撃しないと約束するのであれば殺す必要はない。戦争が終わったんなら、たとえ敵であったとしても救える命を救いたい」

「なんたる慈悲深き王か！　商人賢者シンクー殿！」

そのタダシの言葉に光明を見出したオージンは、泣きながら叫ぶ。

「なんニャ、老賢者オージン」

「知恵の神ミヤ様に誓う。慈悲深きタダシ陛下の許しを受けて、公国軍は武装解除とそちらの条件を全て飲む形での降伏を約束する。もしこの約束を破る者があらば、私は即座に公国軍総帥マチルダ・フォン・フロントラインを殺し、自らもこの場で命を断とう！」

指を白光に輝かせて自らに誓約魔法をかけるオージン。

「タダシ陛下、命をかけた誓約魔法ニャ。老賢者オージンは、公王に内務の全てを託された公国の重鎮。この宣言は信用できるニャ」

「わかった。すぐに嘆きの川を浄化しよう。みんな、思うところはあろうがこれ以上傷つけ合うのは止めよう！　イセリナ達も、病に苦しんでいる公国軍の兵士をエリクサーで治療してやってくれ！」

タダシの指示で、川で溺れていた公国軍の兵士達も救われ、猛毒もエリクサーによって治療されていった。

攻撃した相手に完膚なきまでに敗れて、その上で命を救われたのだ。

もともと、魔王国に反攻するためと言われて集められていたのに、同じ人間が治める国に攻め入るなどわけがわからないと思っていた騎士や兵士は多かった。

公国軍の騎士達は攻めてきた敵の命まで救う獣人やエルフの姿に大いに恥じ入り、自ら抵抗を止めて武器を手放し救助を手伝い始めた。

そして、オージンにそのまま頭を地面に叩きつけられたマチルダは悲惨であった。

美しい金髪の巻き髪が、白皙《はくせき》の頬が今は泥に汚れている。

「わ、私を殺すだと。血迷うたかオージン！」

「もとより公王陛下より命じられていた。もしマチルダが道を誤り、公国を滅ぼしそうな時は我が剣によって殺せと！」

オージンが引き抜いたのは、公王の宝剣であった。

その剣を見て、マチルダはその言葉が真実であることを悟って泣き叫んだ。

「うぁあああ！　お父様！　オージン！　私は、私は、これまで国のために！　ずっと、ただ国のためにぃいいい！」

「すまなかった！　娘同然に育ててきた弟子可愛さ故に、ここまで止められなかったのは我が一生の過《あやま》ち！　心配するな、不出来な師も一緒に死んで、公王陛下に侘びてやる！」

「爺《じい》、私は道を誤ったのか。私は、何の、ために……」

もはや涙は涸れ果てその碧い瞳から光沢が失われ、焦点も合わず虚《うつ》ろとなったマチルダは、まるで屍《しかばね》のように抵抗しなくなった。

「あ、あのー盛り上がってるところ申し訳ないんだけど、殺すことないんじゃないかな」

今にもマチルダの首を刎《は》ねそうなオージンに、タダシがおずおずと言う。

「なんと、タダシ王はこの不始末を起こした敵将の首もなしに許すとおおせられるか」

「首なんかもらってもしょうがないですよ」

その言葉に、シンクーも頷く。

「タダシ王は正しいニャ。おバカな姫騎士の首なんか一銭にもならないニャー。あと、公国軍を統制する将がいなくなっても後々面倒なだけニャ」

オージンは尋ねる。

「しかし、此度の戦の償《つぐな》いはどうなされます。こう言うのも心苦しいが、公国の財政は火の車。何も渡せるものがないので、せめてこの愚か者の首だけでも捧げて謝罪をと思ったのですが……」

「イセリナ達の故郷のカンバル諸島を返してもらうのはどうでしょう」

「そんなことでよろしいのですか！」

軍事力が弱まり魔王軍への侵攻作戦どころではなくなった公国にとっては、むしろカンバル諸島を返すのは駐屯する兵士が少なくなって助かるくらいだ。

「あとは、我が国を公国にも認めていただいて平和条約を結んでいただければと」

「タダシ王国を最恵国待遇にする通商条約も欲しいニャ」

ここぞとばかりに畳み掛けてくるシンクー。

しかし、そのどれもこれほどの大敗を喫《きっ》した公国には優しい条件であった。

なんと寛大な処遇と、オージンは涙を流して自らも額を地面の泥に押し付けるようにして言う。

「そちらの条件、謹んでお受けいたします。そして公王陛下の代理として、深く謝罪します。タダシ王が望まれるならばこの老いぼれの首、いつでも差し上げに参りましょう」

「誠意はわかりました。頭を上げてくださいオージンさん。マチルダさんもそれ以上は可哀想ですから。これからは、善き隣国となってくれると助かります」

「ハハッ！　寛大なるタダシ陛下に心より感謝いたします。それでは、早々に軍を引く準備をしなければなりませんので、ひとまずこれにて失礼いたします」

完全に虚ろとなったマチルダは、オージンに引きずられるようにして去っていった。

あれ、大丈夫なんだろうか。

44. そしてタダシ王国の繁栄は続く

フロントライン公国とのいざこざもようやく終結し、タダシ王国に平和が返ってきた。

早速、公国側の代表のオージンからはせめてもの賠償と、タダシ王国で不足している鉄や銅などの普通の鉱物が送られてきた。

現在は最強硬度を誇る魔鋼鉄しかないためそれで回しているが、街を作るためには柔らかい金属も必要なのだ。

他には、軍船を作る技術者などの提供も提案されている。

今後はイセリナたちの故郷であるカンバル諸島も守らなきゃいけないし、シンクーたちが国際貿易港を作って世界と交易しようとしているのでそれもありがたい話だ。

こちらから何も言わなくても、タダシ王国が欲しがる物はなんでもかき集めて贈ろうという誠意を見せてくれているのはありがたい。

あのフロントライン公国が、本当に信用できる隣国となるかはこれからの経過次第だろう。

島の女の子を侍《はべ》らせているハーレム王だという風評から、貴族の美姫を贈ろうかという提案にはさすがに苦笑して断ったが、これもオージンの誠意だと思えば悪い気もしない。

現在の公王が病気で床に臥せっていると聞いたので、タダシ王国からは増産しすぎて若干余っているエリクサーを送っておいた。

辺獄にできた新興の農業国が軍事強国との戦争に勝利した評判は瞬く間に広がり、公国のみならず多くの国々から商人や移住者などがやってきてタダシは毎日大忙しだ。

王などと言われて城の椅子に座っているより、井戸を掘って新しい畑を切り拓き、村や街を作っていく仕事の方がタダシにとっても楽しい。

「これで、とりあえず今日の仕事は片付いたかな」

忙中閑《ぼうちゅうかん》ありとも言う。

多忙なタダシ王とて、つかの間の休憩に愛妻のマールが作ってくれた甘いクッキーをおやつに、コーヒーを飲むくらいの贅沢《ぜいたく》は許されよう。

ゆっくりとコーヒーを嗜《たしな》んでいると、エリンがトコトコとやってきた。

「ご主人様ー」

「おー、どうしたエリン」

「いつやるのかなって思ってるんだけど」

「何がだ」

可愛らしい犬耳の勇者エリンがタダシに絡みついて、耳元に囁いてくる。

「結婚式」

タダシは、コーヒーを噴いた。

「ケホケホッ、エリンお前！　俺がコーヒーを口に含んだタイミング見計らって言っただろ！」

「アハハッ、でも冗談じゃないよ。ボクはいつでもいいよ」

「この前はまだ番《つが》うには早いとか言ってなかったか？」

「だって、マールが夜のタダシ様が強すぎて死んじゃいそうだから早く助けてって」

「え、マールがそんなこと言ってたの？」

これでも抑えているつもりなのに……。

「うそー」

「なんだよ」

ちょっと真面目に心配したじゃないか。

本当に、エリンにはからかわれてばっかりだ。

「でも、マールは本当に喜んでたよ。ちゃんとボクがコーネルの仇を討てたから、ようやく二人で島のお墓にも報告に行けたんだ」

「そうか」

マールの旦那さんだったコーネルの仇を討ったあの日から、エリンが凄く自然体になったというか、無理してまでふざけて周りを明るくしようとするところがなくなった。

「だから、ボクもこれでご主人様のお嫁さんになれるよ」

それと結婚がどうつながるのかよくわからないが、エリンも何かしら吹っ切れたということなのだろうか。

「わかったから、そのご主人様っていうのは止めてくれよ」

「あれー、おかしいんだ。結婚するんなら、ご主人様でいいんじゃない」

「ふーむ、それもそうか。いや、なんか違うような……」

主人ならまだわかるけど、結婚相手をご主人様とか言うか？

島の風習とか言われたら納得してしまいがちだが、エリンだけは嘘までついてからかってくるから信用できない。

「ボクの結婚式の時はさー、またみんなでお祭りやる？」

「ああ、そうだな」

こうして平和が楽しめるのも、神様達のおかげだから、またきちっとお供えをして盛大に祭りをやろう。

「お祭り楽しいからなあ。美味しいケーキもあるし、楽しみだなあー」

「ハハ、エリンは食べることばっかりだな」

そんなに喜んでくれると、こっちも料理の作り甲斐《がい》があるってものだからな。

そこに猫耳と尻尾を揺らして、商人賢者シンクーがやってきた。

「あータダシ陛下、こんなところにいらっしゃったんですかニャ。ご所望だったイチゴの種、手に入りましたニャ」

「それはありがたい。じゃあ今度こそイチゴのショートケーキが作れるな」

「なんだあ、ご主人様はエッチだなあ。ボクが言わなくても、もう結婚の準備進めてたんじゃん！」

「いや、エリン。お前の言うことは人聞きが悪すぎるんだよ。違うぞ、俺は戦勝祝いを兼ねて純粋に神様の祭りの準備をだなぁ」

　エリンとそんなことを言い合ってると、シンクーがムスッとして、タダシの腕を取った。

「なんかエリンさんとだけ仲良くてムカつきますニャ。タダシ陛下、うちとも結婚の約束したことをお忘れでないですかニャア？」

　そう言って、腕を引っ張ってくる。

「ああ、わかってるよ。でもシンクーって何歳なんだ」

　見た目が可愛らしすぎるので、子供すぎたらちょっと困るなと思って、タダシは尋ねる。

「ふふ、ケットシーは幼く見えますが、実際の歳は……」

　耳元でゴニョゴニョと言われて、タダシはびっくりする。

「え、ケットシーってそんななのか！」

「さあて、本当か嘘かは、結婚した後の寝物語にお教えしますニャー」

　それに嫉妬したらしいエリンが、もう片方の腕を引っ張る。

「新参者のケットシーがでかい顔するなよ！　ボクはずっと前からご主人様に仕えてたし、もう島獣人はマールとシップとボクで三人もお嫁さんなんだぞ」

「ニャハハ、数で勝負とは獣人らしい浅はかさニャー。まっ、ケットシーは可愛いですからすぐ数でも抜き返すニャー」

「なんだと！　じゃあこっちは、もっともっと獣人のお嫁さんを増やしてやるぞ」

「質でも量でも負けるつもりかニャア。そんな勝負挑んで大丈夫かニャ」

「いや、お前らケンカすんなよ」

あと勝手に張り合って、人の嫁を増やそうとするのはやめろ。

両手に可愛い犬耳娘と猫耳娘、男としては欣幸《きんこう》の至りだが、これ以上はさすがに王の手にも余る。

きっと、これからもこんな賑やかな日々が続いていくのだろう。

大野タダシは、このアヴェスターに転生してきて新しい人達と会い、新しい人生を送っている。

毎日慌ただしくて、目まぐるしく色んなことがあって。

最初に考えていた田舎でまったりとスローライフな日常とは全然違うけど、これはこれで悪くないか。

「ご主人様！」

「タダシ陛下！」

「ああ、わかったよ。やれやれ、これでまた仕事ができてしまったな。早速、結婚式の準備に取り掛かるとしよう」

約束は約束だからな。

エリンとシンクーに犬耳や猫耳の付いた嫁を増やされないうちに、さっさと結婚をしてしまうかとタダシは祭りの準備を急ぐのだった。

番外編　異世界の大地に根を張る

石造りの真新しい王城の一室で、イセリナが夜遅くまで書き仕事をしている。

タダシの周りには、読み書き計算ができる人材が少ないのでイセリナも懸命に手伝っているのだ。

「イセリナ。遅くまでお疲れさまだね」

そうタダシが声をかけると、イセリナは筆を持つ手を止める。

「タダシ様こそ、今日もお仕事お疲れさまでした」

菜種油で作った灯籠《とうろう》の明かりに照らされる美しい銀髪、宝玉のように輝く碧眼。雪のような肌。細身でありながら誰よりも大きく形の良い胸には母性を秘めている。

緩やかな絹のドレスを身にまとうイセリナの姿は、まるで夢のように美しい理想的な女性だった。

その可憐な肢体を見るにつけて、エルフはやはり人間とは違うのだなと思わされる。

タダシは会社員だった頃の癖でダブルチェックしていると、計算の間違いを見つける。

「ここ間違ってるよ」

「あら、私としたことが！　すぐに直します！」

イセリナは、慌てて計算を手直しする。

「もう夜も遅いから、あんまり根を詰めないようにね」

「はい、これで今日は終わりにします」

何万人もの人々が暮らせる国を創ると考えた時に、書類による把握と管理は大切なことだ。辺獄にタダシの国を創ると宣言したのは他ならぬイセリナだったから。

その夢が叶いそうになっている今、なんとかしようと躍起《やっき》になっているのだろう。

それはわかる。

「だけど、焦ってやってもミスが増えるだけだからね」

タダシは、かつてそうだった自分の経験からそう忠告する。

それを聞いて、筆を置いたイセリナはため息を吐く。

「……タダシ様は、本当になんでもできて凄いですね」

この世界に来て何度も聞いたセリフだ。

でもタダシには、そう聞くたびに小さな違和感があった。

「凄いかな。俺がもといた場所ではこれくらいはできて当たり前だったよ。いや、むしろ俺はできない方だったたか」

以前のタダシは、人ができることも満足にできない要領が悪いダメ社員だった。

一人でいつも夜中まで会社で残業して、それでも仕事がこなしきれなかった。

お前は何もできないからとつまらない雑務ばかり大量に押し付けられて……。

そのおかげで初歩的な会計ならイセリナ達に教えることもできるのだが、簿記《ぼき》とかそういう立派な資格を持っていたわけではない。

　目の前の仕事をやらなきゃどうしようもない日々で、全部見様見真似でなんとかこなしていただけで、本当は人に教えられるような人間じゃないんだ。

　こんなこともできないのかお前は使えなねえなと、苛立った上司から何度罵倒されたかわからない。

　過去を思い出して暗い顔をしているタダシに、イセリナがおそるおそる声をかける。

「もしかして、日本というところでの話ですか」

「あれ、俺はそんなことを言ってたっけ？」

「はい。たまに口にされますから」

「そうか……」

　この世界に来る前のことを隠すつもりもない。

　だがやはり、こうして口にしてみると思い出したくもない過去だった。

「俺はダメなやつだったんだよ」

「タダシ様がダメだなんて！」

「いや、本当だよ。この世界で例えるなら猫耳商会の下働きみたいなものか。お前なんかどこにいったってまともにやれるわけない、雇ってやってるのは慈悲だっていつも言われていた」

「そんなことありません！」

　イセリナは立ち上がって叫ぶ。

「でもさイセリナ、俺の力なんて神様の借り物だし、俺自身は本当に何も凄くなんかないよ」

そんなどうしようもない弱音を漏らしてしまったのは、相手がイセリナだからなのだろう。

タダシなりに王をやらなきゃならないと気張っているから普段は抑えつけている思いが、つい口から漏れ出してしまった。

ああ、嫌なことを思い出してしまった。

俺が死んだあと会社はどうなっただろう。

自分がやってた仕事が滞って、みんなに迷惑をかけてはいないだろうか。

いや、俺がやってたことなんて誰にでもできることだったたし、使えないやつが一人死んだって会社は何も変わらない。

お前の変わりはいくらでもいるって言われてたもんな。

今頃、バカな死に方をしたやつだった。最後までダメなやつだったと笑われているかもしれない。

まるで泣いているように寂しげに笑う。

そんなタダシを見ているイセリナの碧眼に、じわっと涙が浮かんだ。

イセリナは机の行灯《あんどん》の火を吹き消すと、タダシの服の袖をギュッと引っ張って隣のベッドルームへと誘った。

誘われるままにタダシが付いていくと、勢いよくベッドに押し倒された。

イセリナはわんわん泣きながら、タダシを強く抱きしめてくる。

服の上からでも感じられる胸の柔らかさ。

圧倒されるほどの凄まじい重量感に戸惑いながら、いつになく大胆になっているイセリナにタダシは尋ねる。

「イセリナ、急にどうしたんだ」

「そんなことはありません！　だってタダシ様は、そんな酷いことを言った人達のことすら心配して思いやっているのではありませんか」

「それは……」

たまに驚くほど勘の鋭くなるイセリナは、涙に濡れた紺碧の瞳で、まるでタダシの心の奥底まで覗き込むように見つめて言う。

「タダシ様は優しいからそう思うんですよ。その優しさです」

「優しさ？」

「はい。そして、タダシ様のこの手です。この手に私は救われたのですよ。それをダメだなんて悲しいことを言わないでください」

「イセリナ……」

「全ての希望を断たれ、困っていた私に差し伸べてくださった。タダシ様のこの手がどれほど嬉しかったことか」

イセリナは、タダシの手をギュッと握る。

「いやでも、困っていたら助けるのは当たり前のことだから」

そんなのは、誰でもできることだとタダシは思う。

「当たり前ではありません！　この世界には異界から数多くの転生者が訪れたと言われています。商人賢者のシンクー様もそうですし、獣人の勇者であるエリンなどもおそらくその子孫です。みな神々の加護を受けた者です」

「そうらしいね」

「しかし、その誰もがタダシ様のような優しい心を持ち合わせていなかった。好き勝手に力を振り回すことしかしなかったから今の世界はこうなってるんです」

黙りこくるタダシに、イセリナは更に勢い込んで言う。

「タダシ様のおっしゃる通り、神々の加護の力は偉大です。しかし、タダシ様はあの時、私を助ける必要などなかったではないですか？　この世界には強大な神の加護を持つ賢者や勇者がたくさんいます。でも、その中の誰一人として今タダシ様が当たり前と言われたことをする者などいませんでした」

「そんなものかな」

「みんな神々の加護の力にばかり目を奪われます。でも私は、あなたの力ではなく優しさに惹かれたんです。この人なら信じられると思ったんです。あの時からずっと……」

イセリナは、そう言って熱のこもった瞳でタダシをじっと見つめる。

ほっそりとした指をすっと差し出したイセリナは、それを唇に咥えた。

それを見て、タダシは思い出した。

ああ、あの時って……。

倒れたイセリナに、タダシがエリシア草を浸した水を飲ませた時を言っているのかとようやく気づいた。

タダシの頬にイセリナの手が添えられて、何かをつぶやこうとしたその唇が塞がれる。

ついばむようなキス。

唇の感触を確かめ合うだけの軽いキスだったが、それだけでイセリナの熱い思いが伝わってくるようだ。

「……イセリナ」

「例えあなたに何の力もなくとも、王でなかったとしても、私は一人の女の子として惹かれていました。だって……」

イセリナが更に言葉を重ねようとしたその時、扉の付近から明るい声が響いた

「姫は颯爽と現れて救ってくれる王子を夢見るもんだもんねー」

「エリン！」

「イセリナはロマンチストだから、もう聞いてるこっちが恥ずかしくなるなあ」

「どうして！」

こっ恥ずかしいことを言っていたイセリナは顔を真っ赤にしてぎゃあと叫んで倒れると、ベッドに顔を伏せて足をバタバタさせる。

「どうしてって、ここはみんなが使えるベッドルームじゃん。なんだか二人で盛り上がってるみ

たいだね。なんなら今日はイセリナを、ご主人様と二人っきりにしてあげるようにみんなに言ってきてあげてもいいよー」

エリンがからかうように言うと、むっくりとベッドに身を起こしたイセリナが言う。

「……じゃあ、今夜は私だけでお願いできますか？」

「へー、イセリナも言うようになったね」

からかい半分に言ったのに、まさか素直にそう返されるとは思わなかったとエリンは少し驚く。

今日のイセリナは、なんだかとても大胆だ。

「ここまで恥ずかしい思いをしたのですから、もう毒を食らわば皿までしょう。私だって、たまにはタダシ様を独占したいのです」

「ふーん。じゃあ、今日はそういう風にしてあげるよ。どうぞごゆっくりー」

エリンの手に持った灯りが、扉の辺りから離れていく。

それを見届けると、イセリナはタダシに振り向く。

「……タダシ様もよろしいですよね？」

恥ずかしそうに頬を赤く染めてそう言うイセリナが可愛くてたまらず、タダシは頷くしかなかった。

※※※

「今日は、タダシ様に見せたいものがあるんですよ」

そう言って、イセリナはゴソゴソと絹のドレスを脱いで下着姿になる。

「うん、とても綺麗だけど……」

こういうことに勘が鋭くないタダシには、イセリナが何を見せたいのかがわからない。

「いかがでしょう。タダシ様が勝負パンツというものがあるとおっしゃってたので、猫耳商会から特別にお取り寄せしてもったものなのですです」

「ああ、勝負パンツか」

なるほど。

わざわざ下着姿を見せたのはそれだったか。

言われてみれば、勝負パンツだった。

可愛らしい青色のリボンが付いていて綺麗なレースの入ったかなり高級そうなパンツなのだが、何故か桃色のブラジャーとまったく色が合っていない。

それを誇らしげに見せているのがなんだかイセリナらしくて、タダシは思わず吹き出してしまった。

「もう、なんで笑うんですか！」

「いやごめんごめん。とても綺麗だし、嬉しいよ」

イセリナはしっかりしているようで、どこか抜けているところが愛らしい。

タダシのことを思い、楽しませようと思ってしてくれたことだ。笑っては悪い。

勝負パンツと教えてしまったので、ブラジャーと色を合わせることを思いつかなかったのだろう。

今度は恥をかかさないように、それとなく勝負下着は上下の色をセットで合わせるものだと教えておくべきだろう。

大きなベッドに二人で潜り込むと、イセリナは驚くことを言ってくる。

「タダシ様。今日は私、たぶん赤ちゃんができやすい日です」

「もしかして、エルフの繁殖期ってやつか？」

タダシがそう言うと、イセリナは恥ずかしそうに頷く。

常に発情期の人間とは違い、エルフや獣人には繁殖期があるという話だった。

もしかしたら、今日のイセリナがやけに積極的なのはその周期のせいかと聞くと、違うと頭を左右に振る。

「今日のタダシ様はなんだかとても可愛くて、それに刺激されて繁殖期が来てしまったのです」

「俺が、可愛いか？」

女性にそんなことを言われたことがないので、タダシは驚く。

「寂しげなタダシ様の横顔を見ていたら、なんだかキュンと来てしまいました」

「そ、そうか」

「きっと海エルフの本能なのだと思います。この男を絶対に離すなとそう思ってしまったので、そうなると私達は繁殖期が来るんです」

「そういう話だったな」

様々な迫害から逃れて生き延びてきた海エルフは、可憐に見えてしぶとい種族なのだ。

戦乱でどれほど仲間を失っても、子を生み育てまた増えていく。

そんな強さを持った種族だ。

「こんなことを言うと気が早いと思われるかもしれませんが、私はタダシ様の子供が欲しいのです」

「ああ、俺も欲しいよ」

「嬉しい……タダシ様、至らぬこともあるかもしれませんが、これからも妻として末永くよろしくお願いします」

「こちらこそだよ」

そうだよな、こういうことをしていればいずれそうなるのが自然だ。

しかし、タダシが異世界の国王で、こんなに美しいエルフの姫が嫁で、いずれは子供が生まれるだなんて。

以前のタダシだったらどこかふわふわと現実感がなくて、夢みたいだと思ったんだろうけど。

今のタダシは、素直に「俺もイセリナとの子供が欲しい」とそう言うことができた。

可憐でしぶとい。

そんなイセリナ達と家族になって、タダシもこの大地で子を作り育てていく。

そうすることでタダシも、この異世界の大地にズブリと根を張って、もっと強い存在へと生まれ変わることができる。

愛しいイセリナをこの腕に抱いていると、そんな強い気持ちが湧き上がってくる。

「タダシ様。愛しております」

「ああ、俺もだよイセリナ。愛している」

イセリナと寝床で愛を囁き合いながら、タダシはようやくしっかりとこの世界に結びつくことができた。

この夜から不思議と、タダシは過去のことを思い出しても、嫌な気持ちに囚われることがなくなった。

きっと明日の朝を迎えれば、エリンに「昨晩はお楽しみでしたね」とか散々からかわれて、二人とも恥ずかしい思いをするのだろう。

でも、それも幸せなことじゃないかと思ってタダシは微笑む。

むしろ明日には、一体何が起こるのだろうかと楽しみでしょうがない。

「うんん……タダシ様」

「ゆっくりとお休み、イセリナ」

タダシは、隣で眠るイセリナの長い銀髪を優しく撫でてから、ベッドルームの灯籠の火を吹き消す。

この素晴らしき世界アヴェスターで、みんなで作る王国の未来を夢見て、タダシも今日はゆっくりと眠ることにした。

本書に対するご意見、ご感想をお寄せください。

あて先

〒162-8540 東京都新宿区東五軒町3-28
双葉社　モンスター文庫編集部
「風来山先生」係／「鈴穂ほたる先生」係
もしくは monster@futabasha.co.jp まで

神々《かみがみ》の加護《かご》で生産革命《せいさんかくめい》～異世界《いせかい》の片隅《かたすみ》でまったりスローライフしてたら、なぜか多彩《たさい》な人材《じんざい》が集《あつ》まって最強《さいきょう》国家《こつか》ができてました～

2020年10月3日　第1刷発行

著　者　風来山《ふうらいさん》

発行者　島野浩二

発行所　株式会社双葉社
〒162-8540　東京都新宿区東五軒町3番28号
［電話］03-5261-4818（営業）　03-5261-4851（編集）
http://www.futabasha.co.jp/（双葉社の書籍・コミック・ムックが買えます）

印刷・製本所　三晃印刷株式会社

［電話］03-5261-4822（製作部）
ISBN 978-4-575-24315-4 C0093　